작열

작열 灼熱

아키요시 리카코 장편소설 — 김현화 옮김

마시멜로

다른 사람의 피를 흘리면 그 사람의 피도 흘릴 것이니
이는 하나님이 자기 형상대로 사람을 지으셨음이니라.

창세기 9장 6절

灼熱

灼熱
////////////

1

무언가 깨지는 소리가 들려서 정신이 퍼뜩 들었다.

나는 흠칫하며 내 손을 바라보았다. 양손에 쥐고 있던 큰 접시 두 장이 부엌 바닥에 깨져 있었다.

심플하고 새하얀 도자기로 너무 두껍지도 얇지도 않고, 손에 익숙한 느낌이라서 다루기 좋았다. 무척이나 마음에 든 데다 아직 사흘밖에 쓰지 않았는데.

원래는 다섯 장이 한 세트였다. 백화점에서 눈도장을 찍었는데 조금 값나가지만 적어도 식기만큼은 마음에 드는 걸 사용하고 싶었기에 무리를 했다. 소소하지만 일상에 즐거움을 가져다준다면 충분하다고 생각했기 때문이다.

한숨을 쉬면서 파편을 주워 종이봉투에 넣고 있는데 "좀 전에 요란한 소리가 나던데 괜찮아?"라며 아직 잠옷 차림인 남편이 얼굴을 내밀었다.

"응, 괜찮아."

"어라, 접시 깼어? 당신이 마음에 들어 하던 거잖아."

"아직 세 장 남았어."

남편은 부엌에서 나가 곧장 슬리퍼를 신고 돌아왔다. 손에는 청소기와 접착테이프를 들고 있었다.

"내가 치울게. 위험하니까 비켜 있어."

"아냐. 둘이서 치우는 편이 빨라."

한때 제구실을 하던 큰 접시의 파편이 여기저기 넓은 범위로 흩어져 있었다.

"알겠어. 그럼 같이 얼른 치우자."

남편도 내 옆에 웅크리고 앉더니 파편을 줍기 시작했다. 하얗고 반들거리는 산산조각 난 파편들. 접시의 윤곽이 남아 있는 둥그스름한 형태를 띠는 것. 뾰족하고 날카로운 것. 자갈처럼 자잘한 것. 그것들 사이를 메우듯이 흩어져 있는 가루가 된 것.

"…… 같네."

"응?"

"뼈 같아. 하얀 게."

의사인 남편이 그런 말을 하자 정말 그 손에 쥐고 있는 것이 무언가의 뼈처럼 보였다. 그때 때마침 접시 뒷면에 새겨진 BONE CHINA라는 푸른 글자가 눈에 들어왔다.

"도자기를 본차이나라고 하는데 혹시 뼈처럼 보여서 그렇게 부르는 걸까?"

"아니, 본차이나에는 실제로 뼈가 섞여 있어."

"정말?"

커다란 파편을 줍다가 무심코 떨어뜨리고 말았다.

"본차이나는 번역하면 골회자기거든."

"본이 뼈를 뜻하는 건 아는데 차이나는 중국이잖아?"

"맞아, 중국이야. 그리고 중국에서 전해진 도자기 자체를 차이나라고 부르게 된 것 같더라고."

"그 말은 본차이나는 뼈가 섞인 중국 도자기라는 거네?"

"아니, 그게 좀 사정이 복잡한데 본차이나 자체는 영국에서 발명됐어."

"무슨 뜻이야?"

바닥에서 고개를 들어 남편을 쳐다보자 그는 조금 쑥스러운 듯이 시선을 떨구고 웃었다.

"중국에서 전해진 새하얀 도자기가 유럽에서 인기가 정말 좋았어. 그 매끈하고 새하얀 도자기에 반한 영국에서도 개발이 진행됐지만, 흙 종류가 달라서 만들지 못했대. 그래서 중국 흙 성분과 비슷해지도록 인산과 칼슘이 많이 함유된 소 뼛가루를 섞었더니 하얗게 굽는 데 성공했다더군. 그러니까 중국 도자기의 영향을 받아 영국에서 개발된 게 본차이나인 거지."

"그렇구나……. 그럼 이 접시에는 뼛가루가 섞여 있단 거네."

나는 손바닥에 놓여 있는 파편을 쳐다보았다. 자신도 모르는 사이에 죽은 동물의 뼈 위에 우리가 살아가기 위한 음식물을 담아 식사를 하고 있었던 것이다.

"BONE CHINA라고 새겨져 있으니 물론 그렇겠지? 뼛가루를 섞었다고 해서 무조건 BONE CHINA라고 이름 붙이지 않아. 국가에 따라 규격이 정해져 있어서 인산칼슘이 규정된 양 이상 섞여 있지 않으면 인정받지 못하지. 이 접시는 영국제니까 35% 이상이 함유되어 있을 거야. 일본은 30%, 미국은 25%라고 하더군."

이 큰 접시의 30% 이상이 뼛가루란 건가.

나는 일어나서 찬장에 수납되어 있는 세트 중 나머지 세 장을 꺼냈다. 놀라는 남편의 눈앞에서 파편과 함께 종이봉투에 넣었다.

"왜 버려? 그건 쓸 수 있잖아?"

"버릴 거야. 꺼림칙하니까."

나는 그것 말고도 BONE CHINA라고 쓰인 식기가 없는지 선반을 샅샅이 살폈다. 커피 잔 두 세트와 케이크 접시 세 장을 찾아서 종이봉투에 대강 쑤셔 넣었다. 쨍그랑하고 깨지는 소리가 들렸다.

남편은 무언가 말하고 싶어 하는 듯했지만, 결국 "당신 마음대로 해"라며 옅은 미소만 지었다.

"그런데 이런 정보를 용케도 알고 있네?"

조금 어색해진 분위기를 전환하듯이 말하자 남편은 또다시 쑥스러운 표정을 지었다.

"의대에 갓 들어갔을 때 뼈의 형성이나 성분에 관심이 있었거든. 공부하는 동안 어쩌다 문헌까지 뒤져봤어. 재미있어서인지 아직도 기억에 남아 있네."

지금과 마찬가지로 도수가 높은 안경을 끼고 뼈에 대해 소상히 적힌 문헌을 파헤쳤을 젊은 시절의 남편을 상상했다.

"괴짜야."

그만 본심이 튀어나왔다. 칭찬하는 것도 아닌데 남편은 유쾌하게 어깨를 으쓱했다.

내가 어기적대는 사이에 남편은 파편을 거의 다 주운 후 청소기를 돌리고 손에 칭칭 감은 접착테이프로 바닥을 찰

싹찰싹 두드리기 시작했다.

"파편은 생각지도 못한 곳까지 날아간단 말이야. 어느 날 갑자기 튀어나와서 놀라게 할 때가 있어. 위험천만하지."

짙은 갈색 바닥 위에는 청소기로도 빨아들이지 못한 먼지처럼 자잘한 가루가 남아 있었다. 마치 진짜 뼛가루 같았다. 그리고 종이봉투 안에 마구잡이로 포개져 있던 흰 파편이 유골함에 담긴 뼈처럼 보였다.

"…… 잠시만."

나는 일어나서 화장실로 서둘러 갔다. 세면대에 기대서 파르르 떨리는 손으로 물을 틀었다. 텅텅 비어 있는 위에서 시큼한 액체가 올라와 토했다.

몇 번인가 구역질을 하며 토하기를 반복하자 겨우 진정이 되었다. 입을 헹구고 고개를 들자 자신도 모르는 사이에 뺨이 눈물로 젖어 있었다.

새하얗게 태워진 뼈와 가루를 떠올리고 말았다.

남편의 유골.

현 남편, 히데오가 아니다.

전 남편, 다다토키를 말한다.

뼈 대부분을 유골함에 담고 나니 큼직한 은쟁반 위에 조금 전과 같은 자잘한 가루가 남아 있었다. 그렇게 단련한

다부진 몸이 화장터에서 나왔을 때는 허망하게 골격만 남아 있었다. 이게 그의 인생의 잔해인가 하는 생각에 몸을 파르르 떨었다.

그리고 그 냄새.

열기를 띤 특유의 탄내.

나는 또다시 헛구역질이 나서 토했다. 콧속에 그때 나던 냄새가 여전히 남아 있는 것 같았다.

애절하게 사랑했던 사람의 유골을 본다.

타고 난 유골의 냄새를 맡는다.

이보다 더 잔인한 일은 없을 테다.

"여보? 왜 그래? 괜찮아?"

남편이 거실에서 조심스럽게 말을 걸었다.

"별일 없어."

나는 밝은 목소리를 쥐어짜 내고 눈물에 젖은 얼굴을 씻어 내렸다. 거울 속에는 평범하게 생긴 서른 먹은 여자의 얼굴이 비쳤다. 턱까지 내려오는 무난한 단발. 다듬지 않은 눈썹. 외까풀. 아담한 코와 입.

나는 거울 수납장에서 안약을 꺼내 충혈된 눈에 넣었다. 혈관을 수축시키는 이 안약은 손에서 떼려야 뗄 수 없는 물건이었다. 하루에 몇 번이고 다다토키를 떠올리며 우는 사실을 히데오에게 들키면 안 되었기 때문이다.

충혈이 어느 정도 가라앉은 것을 확인하고 부엌으로 돌아갔다. 쓰레기통 옆에 타지 않는 쓰레기를 정리한 비닐봉지가 놓여 있었고 그 옆에 갈색 종이봉투가 있었다. 접착 테이프를 봉투 입구에 붙이고 '유리 조심'이라고 굵은 매직으로 썼다.

"고마워."

남편이 부엌에 없었기 때문에 부엌에서 이어진 다다미방을 향해 말했다. 옷을 갈아입고 있는 것 같았다.

"내가 나가는 김에 버릴게. 오늘은 동네만 돌아다니니까 자전거는 두고 걸어갈 거야."

아니나 다를까 미닫이문 건너편에서 남편이 대답을 했다. 옷감이 가볍게 스치는 소리가 들렸다.

"그럼 나야 고맙지."

나는 아침 식사 준비를 이어 나갔다. 연어 토막을 굽고 된장국을 데우고 밥을 펐다. 밥에 된장국, 구운 생선은 매일 아침 정해진 메뉴였고 반찬 하나만 바꿔가며 상을 차렸다. 오늘은 당근우엉볶음이었다. 고추를 넣어 매콤하면서도 달짝지근하게 볶은 다음 깨를 뿌려 마무리하는데 옷을 다 갈아입은 남편이 다가왔다.

"먼저 먹어."

"잘 먹을게. 음식 냄새가 좋은데?"

자리에 앉더니 손을 모아 고마움을 표하고 식사를 하기 시작했다. 나도 우엉을 작은 접시에 던 다음 식탁에 놓고 맞은편 자리에 앉아 젓가락을 들었다.

"와, 역시 최고야!"

남편은 매 식사 때마다 복스럽게 먹으며 그렇게 칭찬해 준다. 그도 이제 갓 시작된 신혼 생활을 여전히 조심스러워한다는 사실을 알 수 있었다. 다만 반찬이 맛있다는 것은 입에 발린 소리가 아닐 테다. 나는 원래 요리를 좋아하고 레스토랑에서 주방 보조 아르바이트도 했었다.

"요즘 같은 시대에 아침에 반찬이 두 가지라니 난 복 받았어."

남편은 기뻐하며,

"그런데 매일 이렇게 차리지 않아도 돼."

라고 조심스럽게 말했다.

"신경 쓰긴."

"힘들잖아. 당신도 아침에 바쁠 텐데."

"괜찮아. 내가 좋아서 하는 거니 신경 쓰지 마."

그건 진심이었다. 요리를 하다 보면 한시름 놓을 수 있다. 생각과 마음을 비울 수 있다. 요리는 나에게 위안을 주었다.

애정이 없으면 음식을 맛있게 만들 수 없다. 사랑이 존재하기에 번거로운 식단도 매일 짤 수 있다고 말하는 사람이 있다. 하지만 나는 어느 쪽에도 해당되지 않았다. 레스토랑에서 얼굴도 인격도 알 수 없는 상대에게 많은 요리를 대접해왔다. 나는 자신을 위해 요리를 한다. 상대를 위해서 하는 게 아니다. 그래서 상대가 싫든 좋든 기계적으로 일정한 퀄리티로 요리를 완성할 수 있다.

그렇다…… 설령 미워할지라도.

"그래도 가끔은 쉬엄쉬엄해도 돼. 난 식빵만 있어도 거뜬하니까."

"아냐. 괜찮다니까. 당신 건강이 중요하잖아. 게다가 맛있게 먹어주면 그것만으로도 이미 보답받은 기분이야."

내가 미소 지으며 말하자 남편은 반찬을 씹으며 쑥스러운 듯이 시선을 떨어뜨렸다. 이 사람은 내성적이고 수줍음을 많이 탄다.

"신기해. 이런 결혼 생활을 하게 될 줄은 꿈에도 몰랐어."

분위기가 진지해지기 전에 나는 녹차를 탄 찻잔을 식탁에 놓고 "빨래 좀 널게" 하고 부엌을 나갔다.

욕조 옆에 자리한 세탁기에서 빨래를 꺼내 마당에 나와 하나씩 널었다.

한여름의 푹푹 찌는 더위. 아침인데도 찌르는 듯한 햇빛. 머리 꼭대기부터 이글이글 불타는 듯했다.

모자를 쓰고 나올 걸 그랬다고 후회하면서도 가지러 가기가 번거로워 그냥 계속해서 널었다.

남편의 커다란 와이셔츠를 털다가 손길이 문득 멈추었다. 다다토키가 죽었는데 나는 다른 남자를 위해 상을 차리고 다른 남자의 셔츠를 널고 있다. 지금까지 벌어진 모든 일이 꿈이고 뒤돌아보면 다다토키가 웃어주고 있을 것만 같았다.

하지만 그는 이제 존재하지 않는다.

나는 입술을 깨물어 눈물을 참으며 손을 부지런히 움직여나갔다. 몸을 숙여 빨래가 담긴 바구니로 손을 뻗다가 무심코 시선이 꽃밭으로 향했다.

피튜니아와 일일초의 뿌리에 까만 비료에 섞인 하얀 것이 데굴데굴 굴러다니고 있었다. 비료에 영양을 보충하려고 섞은 달걀 껍데기였다. 그러고 보니 저것 또한 땅에 묻힌 뼈 같았다.

나는 빨래를 다 널고 서둘러 달걀 껍데기 위에 비료를

덮었다. 하얀 껍데기가 더 이상 보이지 않아도 나는 파르르 떨리는 손으로 흙을 더 덮었다. 뇌리에서 사라지지 않는 다다토키의 유골에 담긴 기억을 몽땅 묻어버리는 것처럼.

하지만 아무리 머릿속에서 지우려고 해도 그 기억은 늪에 빠져 죽은 물고기처럼 빼꼼 떠올랐다.

다다토키의 유골.

산산조각 난 머리통 윗부분.

현기증이 나려는데 현관에서 소리가 났다. 숨을 크게 들이쉬고 마음을 가라앉힌 다음 일어나 거실을 지나 현관으로 나왔다. 남편이 신발을 신고 있던 참이었다.

"오늘은 하라 씨가 투석을 받는 날이라 늦어질 거야. 저녁은 그 댁에서 먹고 올 테니 차리지 않아도 돼."

"응. 조심히 다녀와."

티셔츠에 슬랙스 바지를 입은 남편은 도무지 의사로는 보이지 않았다. 검은 테 안경만이 조금 지적인 분위기를 자아내고 있었지만, 그것 빼고는 평범하고 무난한 아저씨로 보였다. 흰머리를 염색하려고도 하지 않아 하얀 그대로였기 때문에 마흔둘이라는 실제 나이보다는 조금 늙어 보였다. 어중간한 키에 나잇살이 붙은, 잘생기지도 못생기지도 않은 딱 꼬집어 말할 특징도 없는 사람이었다.

"평범하게 생긴 편이 환자에게 경계심을 사지 않아서 딱 좋아. 그리고 흰 가운은 기본적으로 별로야. 어렸을 적 기억 때문인지 나이를 먹고서도 흰 가운을 싫어하는 사람이 많거든."

방문 진료가 전문인 만큼 이 차림이 무난하다며 남편은 웃었다.

남편은 시멘트 바닥에 놓여 있는 쓰레기봉투, 종이봉투, 그리고 진찰 가방을 들었다. 양손 가득 짐을 들고 있어서 문을 열기 힘들어 보였기 때문에 나도 샌들을 대강 신고 바닥으로 내려와 현관을 열어 주었다.

"고마워. 와, 오늘도 푹푹 찌네."

"대문도 열어 줄게."

현관에서 앞서 나가 대문을 붙잡고 있었다.

"조심히 다녀와."

"응, 다녀올게."

쓰레기봉투를 들고 있던 한 손을 가볍게 들어 올리고 남편이 대문을 나섰다. 어딘가 머쓱한 느낌을 자아내는 그의 등이 내 시선을 의식하고 있다는 사실을 알 수 있었다. 혼인신고를 하고 같이 살기 시작한 지 사흘밖에 되지 않았다. 배웅받는 것에 익숙하지 않을 테다.

쓰레기장에 봉지를 놓고 남편이 뒤돌아서 현관 방향을 가리키더니 "얼른 들어가"라고 입 모양으로 말했다. 나도 "난 신경 쓰지 마"라고 입 모양으로 대답했다. 요 사흘간 매일 주고받고 있는 대화다.

남편은 다시 걷기 시작하더니 몇 번인가 돌아보았다. 나는 그럴 때마다 환하게 웃으며 손을 흔들었다. 모퉁이를 꺾어 완전히 보이지 않을 때까지 나는 남편의 뒷모습을 계속해서 배웅했다.

灼熱
////////////

2

남편의 모습이 보이지 않게 된 순간, 내 얼굴에서 순식간에 미소가 증발했다. 그대로 잠시 기다리다 남편이 돌아오지 않는다는 사실을 확인하고 현관문을 닫아 잠근 후 도어 록을 걸었다.

거실에 가서 텔레비전을 틀었다. 탤런트가 사회를 보는 아침 정보 프로그램. 뉴스와 더불어 개그맨이 요리를 선보이는 코너나 화제의 맛집 소개, 연예계 정보 등이 적당히 버무려져 있다. 주부층을 대상으로 한 정감 가는 방송이다.

그래서 나는 이런 방송을 늘 틀어 놓는다. 만에 하나 남편이 갑자기 돌아와도 팔자 편한 주부를 연기할 수 있도록.

텔레비전 소리를 들으면서 나는 마당으로 트인 창문에 쳐진 거실 커튼과 다다미방의 미닫이를 닫았다. 그리고 고이고이 아껴가며 써온 찻장의 서랍을 열었다.

은행통장, 연금통장, 연금정기우편물, 신용카드 명세서

등이 어지럽게 들어 있었다. 나는 그것들을 꺼내 하나하나 페이지별로 스마트폰 카메라로 사진을 찍었다. 사실은 복사를 하는 편이 읽기 수월할 테지만 남편에게 발각될 가능성을 생각하면 디지털로 기록하는 편이 안전하다.

일곱 군데 금융기관에서 발급받은 통장이 있었는데, 덜 쓴 통장은 따로 모여 있었다. 다 쓴 통장은 각 금융기관별로 대략 열 개 이상 있었기에 한 페이지씩 사진을 찍기엔 상당히 손이 갈 것 같았다. 인쇄된 글자가 연해서 보기 힘든 때도 있었고, 이따금 곁들여진 메모도 선명하게 찍히게끔 빛을 비추는 법을 고안하는 등 아이디어가 필요했다. 단 한 페이지도 허투루 넘길 수 없다. 어디에 무슨 힌트가 감춰져 있을지 모르기 때문이다.

통장을 펼쳐 양쪽 가장자리를 책으로 누르고 셔터를 누르는 이 작업이 생각보다 시간이 걸려서 어제는 은행 세 군데밖에 촬영하지 못했다. 오늘은 과연 모조리 찍을 수 있을까.

경찰서에서 다다토키가 죽었다는 연락이 온 것은 1년 반 전이었다.

한밤중이었지만 늦어질 거라는 문자를 받았기 때문에

나는 별걱정 없이 인터넷 영어 회화 수업을 듣고 있었다.

그런데 어지간해서는 울리지 않는 집 전화가 울렸다.

그것만으로도 간이 철렁 내려앉는데 이런 야심한 시각에 온 전화라니. 수화기를 받아들기 전부터 불길한 예감만 들었다.

전화는 경찰서에서 걸려온 것이었다. 나는 서둘러 택시를 타고 경찰서로 갔다.

지하에 자리한 조촐한 영안실. 흰 천이 씌어 있는 금속 침대. 이런 건 드라마에서 몇 번 본 적 있다. 이 천을 치워 얼굴을 확인하고 유족이 쓰러져 우는 장면. 자신이 지금 그 입장에 처해 있다는 사실을 도무지 믿을 수 없었다.

경찰이 천을 걷어 올리기 전부터 나는 이미 오열하며 여경을 붙들고 간신히 서 있었다. 얼굴을 확인하면 정신을 잃을 것 같았다. 하지만 경찰은 가슴 아래 천을 비스듬히 젖힐 뿐 얼굴을 보여 주려고 하지 않았다.

"얼굴은…… 지금 좀 보여드리기 힘든 상태입니다."

경찰관은 단어를 조심스레 골라가며 말을 이어 나갔다.

"신체적인 특징으로 판단해 주셨으면 합니다."

"볼 수 없다니 무슨 말씀이세요?"

얼굴을 보기 두려웠는데 막상 볼 수 없다고 하니 갑자기 불안해졌다.

"그건."

경찰관 두 사람이 순간 난처한 듯이 시선을 주고받았다.

"그게, 사망한 원인이…… 추락사여서요."

"추락사요……?"

시체가 어떤 상태일지 나도 짐작이 갔다. 털썩 주저앉을 것 같은 나를 여경이 다급히 부축해 주었다.

"신체 어딘가에 특별한 점이 있으신가요…….."

조심스럽게 거는 말에 외면하고 있던 금속 침대로 시선을 옮겼다. 다다토키는 알몸이었고 흰 살결이 검푸른 빛을 띠고 있었다. 다리는 통나무처럼 팽개쳐져 있었고 희푸른 형광등 밑에서 묘하게 다리털이 거뭇거뭇하게 눈에 띄었다.

생판 모르는 남이기를 바라면서 멀찍이 몸을 살펴나갔다. 그러다 아랫배에 있는 선 형태의 아문 상처로 시선이 빨려들었다. 다다토키는 맹장 수술 흉터가 있다. 그렇다면 역시 이 시체는 다다토키인 걸까.

아니, 그럴 리가 없다…… 아득해져 가는 의식을 쥐어짜내며 나는 왼손을 살펴보았다. 네 번째 손가락에 아무것도 끼워져 있지 않았다.

"이 사람, 제 남편이 아니에요!"

나는 온 힘을 다해 외쳤다.

"남편이라면 결혼반지를 끼고 있을 거예요. 그런데 이 사람은 안 끼고 있어요."

"…… 아, 그러시군요."

경찰은 고개를 끄덕이고 나서 잠시 입을 묵묵히 다물고 있었다. 그는 이 시체가 다다토키라는 것을 확신하는 모양이었다.

"그럼 소지품을 확인해 주시겠습니까?"

경찰이 가리킨 방향을 보니 지갑과 휴대전화, 차 키 등이 놓여 있었다. 무심코 비명을 지른 것은 가죽 지갑에 물든 피가 적나라해서가 아니었다. 그 지갑이 내가 선물한 것이었기 때문이다. 지갑뿐만이 아니었다. 망가진 휴대전화도, 찌그러진 차 키도 다다토키의 물건인 게 확실했다.

"남편분 물건인가요?"

나는 대답하지 못한 채 단지 오열하고 있었다. 그걸로 충분하다고 판단했는지 "수고하셨습니다. 이만 물러나셔도 됩니다"라고 경찰이 말했고, 나는 여경의 부축을 받은 채 복도로 나왔다.

'괜찮으세요? 잠시 앉았다 가요. 음료수라도 드실래요?'

그런 말이 들린 것 같았다. 하지만 귀로 들리는 것도, 눈에 보이는 것도 모든 게 아득하게 느껴졌다. 피부 감각도 없었다. 여경이 상반신을 부축해 주고 있는데도 피부가 두툼한 고무가 된 것처럼 거의 아무것도 느껴지지 않았다.

음료수를 받아들고 복도 벤치에서 잠시 쉬고 있다가 별실로 안내받아 경찰에게 이것저것 질문을 받았다. 마지막으로 본 것은 언제인지, 그 후에 연락이 있었는지, 별다른 느낌은 없었는지. 오히려 이쪽이 질문을 던지고 싶다고 생각하던 차에 나는 당황한 채 흐느껴 울며 하나씩 대답해 나갔다.

"마지막으로 얼굴을 본 건 오늘 아침이에요."

"점심을 지났을 때 귀가가 늦어질 거라는 문자가 왔어요."

"별다른 느낌은 없었어요."

한 차례 쭉 대답한 후에 나는 줄곧 신경 쓰이던 것을 물었다.

"저기…… 남편은 대체 어디에서……."

"아파트 베란다에서 추락했습니다."

"…… 아파트요?"

"네. 다니모토초에 있는 아파트 말이죠."

경찰은 내가 당연히 알고 있을 거라는 듯이 말했다.

"그곳에 남편이 있었나요? 왜죠?"

"왜라뇨? 남편분이 세를 들었잖아요?"

이번에는 경찰이 당황해할 차례였다.

"그 집을 계약한 사람의 명의를 확인했더니 남편분이셨습니다."

남편과 나는 분양받은 아파트에 살고 있었다. 낡은 데다 넓다고는 할 수 없지만 일단 방이 세 개여서 부부 둘이서 쓰기에는 방이 충분했다. 일부러 집을 따로 구할 필요가 없을 터였다.

내가 혼란스러워하자 경찰은 "잠시 실례하겠습니다"라고 말하며 별실을 나갔다. 교대로 들어온 사람은 연세가 지긋한 남자였다. 경찰복이 아닌 사복 차림이었다. 형사로 보이는 남자는 내 앞에 앉더니 입을 열었다.

"남편분이 따로 집을 얻었다는 걸 모르셨던 겁니까?"

"네. 집을 따로 구할 필요가 없으니까요. 혹시 착오가 아닌가요? 명의만 빌려줬을지도 모르잖아요."

"관리인 말에 따르면 분명 남편분이 드나드셨다더군요."

"그럴 리가 없어요……."

"집 상태를 보아하니 작업실로 쓰신 것 같습니다."

"작업실요? 남편은 직장인이에요. 착오가 있는 듯하네요."

"남편분은 어디에서 근무하시죠?"

나는 만약을 대비해서 딱 한 장 지갑에 넣고 다니던 남편의 명함을 꺼냈다.

"아, 야스마 제약 회사에서 근무하시는군요."

야스마 제약 회사는 대기업이다. 그곳에 근무한다는 것은 남편과 나의 자랑거리였다.

"네."

"그런데 말이죠……."

뜸을 들인 후 "거참 이상하네"라고 모기만 한 목소리로 이어서 말한 것을 나는 놓치지 않았다.

"뭐가 이상하다는 거죠?"

"별일 아닙니다……. 잠시 실례하겠습니다."

형사는 별실에서 나가더니 작은 종잇조각을 가지고 바로 돌아왔다.

"부인…… 남편분은 부업을 하지 않으셨나요?"

형사는 의자에 고쳐 앉더니 그렇게 물었다.

"부업이요? 아뇨. 남편한텐 그럴 여유가 없어요."

내 눈앞에 형사는 종잇조각을 내밀었다. 명함이었다.

(주) 이터널 파트너즈

대표이사 가와사키 다다토키

고급스럽지만 무슨 회사인지 알 수 없는 회사명 아래에 있는 것은 남편 이름이었다. 그 아래에 이어진 주소지는 다니모토초로 되어 있었다. 이게 사건 현장이 된 아파트인가.

"남편분 지갑에 들어 있었습니다."

"…… 금시초문이에요. 남편이 언제 이런 명함을 만들었는지 모르겠네요."

"해가 뜨면 회사에도 문의해 볼 테지만, 독립할 준비라도 하고 계셨을지 모르겠네요."

굳이 따지자면 남편은 야심가였다. 동기보다 빨리 출세하기 위해 자처해 무리에 들어가 깐깐한 상사도 묵묵하게 모셨다. 그 덕분에 동기 중에 초고속으로 과장 자리에 앉았다. 독립을 꿈꿨더라도 이상하지는 않다. 다만 나와 아무 상의도 없었다는 게 마음에 걸렸다.

"남편분께 근심거리가 있지는 않았나요? 예를 들어 빚문제로 말이죠."

"잠깐만요. 설마…… 자살이라고 생각하세요?"

"그건 아직 확실치 않습니다. 이 시점에서 저희는 여러 가능성을 배제할 수 없으니 말이죠."

"다다토키는…… 남편은 강한 사람이에요. 자살할 리가 없어요. 애초에 근심이랄 것도 없었어요. 일도 술술 풀렸고 결혼 생활도……."

내가 까칠하게 나오자 형사가 부드럽게 달랬다.

"알겠습니다. 조금 전에 말씀드린 것처럼 지금은 여러 가능성을 고려해 하나하나 검증해 나갈 필요가 있습니다. 사고나 살인도 고려해봐야……."

거기까지 말하다 형사는 입을 꾹 다물었다.

"어쨌거나 종합적으로 수사하는 게 저희 일이니까요."

형사가 얼버무리듯이 헛기침을 했다.

하지만 살인이라는 강렬한 말은 마물처럼 내 귀를 징그럽게 핥았고 꺼림칙한 예감이 소름과 함께 온몸을 뒤덮었다.

"그런데 부인은 오늘 밤에 어디서 뭘 하셨나요?"

"집에 쭉 있었어요."

"증명할 수 있는 사람이 있나요?"

"온라인 영어 회화 수업을 듣고 있었거든요."

"아, 그렇군요."

형사는 막힘없이 기록해 나갔다.

"설마 절 의심하나요?"

"아, 아닙니다. 형식적인 절차입니다. 사건 현장에 부인이 계시지 않았던 건 알고 있습니다. 추락한 시간도 확실히 밝혀졌고요. 여러 주민들이 소리를 들었다고 하니까요. 게다가 목격자가 있습니다. 남편분은 혼자였다고 하더군요."

"목격자가…… 있나요?"

"네. 그 사람이 신고했습니다."

"그 사람은 남편 말고 아무도 없었다고 했나요?"

"네."

그래서 자살을 우선순위로 생각하고 있구나. 어쩌면, 하는 의심이 솟구치는 동시에 그럴 리가 없다며 강하게 부정했다. 이 상황에서 나라도 믿어야지. 나는 온 힘을 쥐어짜내 이 한마디를 했다.

"자살이 아니라면 사고일 거예요."

"글쎄요. 그게 말이죠……."

형사가 갑자기 말끝을 흐렸다. 며칠 후 그 이유를 알 수 있었다.

목격자이자 신고자가 용의자로 체포되었기 때문이다.

스마트폰 화면과 피사체를 계속 번갈아 봤더니 눈이 침침해졌다. 나는 움직이던 손을 멈추고 시선을 멀리 던졌다. 그때 뉴스가 눈에 무심코 들어왔다.

대마초 소지 혐의로 구속된 배우가 모 경찰서 앞에서 취재진을 향해 고개를 푹 숙이고 있었다. 결정적인 증거가 나오지 않아 증거불충분으로 석방되었다는 자막이 상황을 설명하고 있었다. 플래시 세례를 받고 있는 초췌하면서도 이제 끝이라고 안도하는 듯한 표정.

히데오가 석방되었을 때가 생생히 떠올랐다. 이목을 끄는 사건이었기에 수많은 취재진이 모여 있었다. 히데오는 변호사 없이 혼자였다. 해쓱하고 의미심장한 표정을 짓고 있었지만, 택시에 타기 직전 입가에 옅은 미소를 띠고 있는 것처럼 보였다.

그때 나는 사법의 틀에서 능구렁이처럼 빠져나간 히데오의 모습을 텔레비전 영상 너머로 입술을 잘근잘근 씹으며 지켜보는 수밖에 없었다.

내가 그토록 사랑했던 남편, 다다토키를 살해한 그 남자의 모습을.

灼熱

3

용의자로 처음 히데오의 사진을 본 건 언제였더라. 그
래, 다다토키가 죽은 지 나흘 후였다.

다다토키의 죽음을 받아들이지 못한 채 앓아누워 있는
데 형사에게 전화가 왔다. 시신을 계속 돌려주지 않았기
때문에 분명 반납 수속 문제로 연락했으리라 생각했는데,
용건이 있어서 우리 집까지 오겠다고 했다.

무슨 용건일까.

역시 자살로 결론 났다고 하면 어쩌지.

형사가 집으로 올 때까지 마음이 천근만근이고 온몸에
서 식은땀이 줄줄 흘러내렸다. 다다토키를 잃은 지금으로
서는 자살이 아니라는 결론만이 정신적인 버팀목이 되어
주고 있었다.

집을 찾아온 형사 둘은 그들을 맞이하는 내 얼굴을 보고
흠칫했다. 양 눈꺼풀이 시뻘겋고 얼굴이 부었는데 통 먹질

않아서 뺨만 해쓱해져 있었기 때문이다. 물을 충분히 섭취하지 않은 데다 섭취한다고 해도 위가 받아들이지 못해 토를 했기 때문에 피부가 생기를 잃고 퍼석퍼석했다.

형사들은 정신을 퍼뜩 차린 듯이 차례대로 이름을 댔다. 젊은 형사가 가마타, 나이가 지긋한 형사가 요시오카라고 했다. 요시오카는 먼젓번에 경찰서에서 이야기를 나눈 형사라는 사실이 어렴풋이 떠올랐다.

나는 두 사람을 맞이해 거실로 안내했다. 복도에서 거실로 발 디디는 순간 등 뒤에서 두 사람이 침을 꼴깍 삼키는 기척이 전해져 왔다.

쓰레기가 흩어져 있고, 걷은 빨래는 그대로 바닥에 놓여 있었으며, 옷이나 양말 등도 소파에 허물처럼 걸쳐져 있었다. 뻥 뚫린 부엌에 있는 식탁 위에는 플라스틱 용기에 담겨 있던 반찬과 깎아 놓은 과일(지금까지는 왕래가 없었지만 뉴스를 봤는지 같은 층에 사는 이웃이 먹거리를 가져다주었다)이 그대로 썩어가고 있었다. 그리고 조금이라도 영양을 보충하자는 생각에 컵에 따른, 한 모금밖에 마시지 않았던 우유가 두부처럼 응고되어 악취를 풍기고 있었다.

그러고 보니 샤워조차 하지 않았다는 사실을 그때 알아차렸다. 두피는 끈적했고 머리카락은 떡이 져 뭉쳐 있었다.

며칠째 옷을 갈아입지 않아 시큼한 냄새가 은근히 났다. 하지만 다 아무래도 상관없었다.

"아무 데나 앉으세요."

그렇게 말했지만 어디에도 앉을 데가 없어서 두 사람은 결국 소파에 내팽개친 신문과 잡지, 전단지 등을 피해 자그마한 공간을 만들어 엉덩이를 붙였다. 나는 건너편에 자리한 1인용 소파에 놓인 옷 위에 아무렇게나 앉았다.

"이 남자를 본 적 있으신가요?"

단도직입적으로 이야기를 시작한 요시오카가 사진을 꺼냈다. 낯선 남자였다. 생김새에 별 특징이 없어서 안경 빼고는 아무것도 인상에 남지 않았다.

"아니요, 모르는 사람이에요. 이 남자가 왜요?"

"남편분을 살해한 용의자로 구속되었습니다."

나는 놀라서 다시 한번 더 사진을 보았다. 이 남자가 남편을? 아니, 그것보다—.

"남편은…… 살해당한 건가요?"

자살도 견디기 힘들 것 같았지만 누군가에게 목숨을 빼앗긴 것도 몸이 후들거릴 만큼 충격이었다.

"저희는 그렇게 예상하고 있습니다."

"그런데 하지만……."

이 남자는 누굴까? 목적이 뭘까? 어째서 남편이어야 했던 걸까?

묻고 싶은 것이 산더미 같았지만 말이 도통 나오지 않았다. 그 상황을 헤아린 듯이 가마타가 말했다.

"이 남자는 구보카와치 히데오라고 합니다. 남편분께 이름을 들은 적이 없으신가요?"

구보카와치, 꽤 특이한 성이다. 한 번이라도 들었다면 절대로 잊어버리지 않았을 테다.

"없어요. 어떤 사람인가요?"

"시립 병원에 근무하는 의사입니다."

"의사요……?"

나는 재차 사진을 보았다. 다다토키가 담당하는 병원 의사인가?

"대체 왜 남편을……."

"그건 현재 취조 중인데, 저희는 금전 문제가 아닐까 싶습니다."

"금전…… 갈취 말인가요?"

"아뇨. 그런 사건이 아니라…… 사기입니다."

"의사가 사기를 쳤다고요? 사회적 위치를 악용해서 사람을 속이다니 쓰레기만도 못한 인간이군요. 분명 남편

에게 사기라는 걸 들켜서 살해했겠죠. 짐승이 따로 없군
요…….”

무심코 눈물이 솟구쳐 뺨을 타고 흘러내렸다. 나흘 동안
흘린 눈물의 소금기로 거칠어진 뺨이 더욱 화끈거렸다.

“아, 그게 말이죠.”

가마타와 요시오카가 눈짓을 주고받았다. 가마타가 가
볍게 헛기침을 하고 말했다.

“그 전에 여쭙고 싶은 게 있는데, 부인은 남편분이 회사
를 퇴직했다는 사실을 알고 계셨나요?”

“…… 네?”

티슈로 눈물을 닦아내며 형사를 쳐다보았다.

“회사를 관뒀다고요? 남편이요?”

“아무래도 그런 것 같습니다. 그때 주셨던 명함 연락처
로 확인해 본 결과 조기 퇴직을 하셨더군요.”

“조기 퇴직이라니 그 말씀은 해고당했다는…… 건가
요?”

“그건 저희도 알 수 없습니다.”

가마타가 얼버무렸다.

“언제요?”

“반년 전이라고 합니다.”

그럴 리가 없다. 매일 출근했고 생활비도 꼬박꼬박 평소 대로 건네줬었다.

"착오가 있으신 게……."

"그건 아닙니다. 회사에 가서 사진까지 보여 주고 확인 한 정보입니다."

"말도 안 되는 일……."

"야스마 제약이 외국계 회사에 매각되어 시스템이 바뀌는 바람에 몇 사람이 조기 퇴직 대상이 되었다고 합니다. 그중에 남편분도 포함되어 있었다고 들었습니다."

"매각…… 그럴 리가요……."

"그럼 부인도 모르셨다는 거군요."

"그럼요. 그야 매일 회사에 출근했고 생활비도 꼬박꼬 박……."

영양과 수분이 부족한 뇌가 생각하기를 거부했다. 입을 꾹 다물고 있는데 지금부터가 본격적인 대화라는 듯이 요 시오카가 몸을 불쑥 내밀었다.

"퇴직한 후에도 금전적으로 곤란했던 적이 없었다는 건 가요?"

"네. 이 아파트의 융자금도 착실하게 갚고 있었고 생활 비도 오히려 늘어났으니까요. 보너스가 나왔다고 했어요."

"그렇군요."

요시오카의 눈이 번뜩였고 무언가를 기록했다.

"그런데 지금 생각해 보면 퇴직금을 깨서 사용하고 있었다는 거네요. 저한테 걱정을 끼치지 않도록 지금까지와 변함없는 생활을……."

말끝이 눈물로 흐려졌다.

"사기꾼은 퇴직금을 노렸겠군요. 대체 무슨 사기인가요?"

"투자 사기입니다."

납득이 갔다.

퇴직한 이후에도 남편은 나를 위해 애써 평소와 같은 생활을 유지해왔다. 하지만 퇴직금에는 한계가 있다. 어떻게든 불리려고 하지 않았을까.

한마디라도 상의해 줬으면 좋았을 텐데. 내 앞에서 절대 우는소리를 하지 않는, 늘 꿋꿋한 모습만을 보여 주려 한 사람이었다.

"의사 주제에 짐승만도 못한 놈."

나는 악담을 내뱉었다.

"실은 그게 말입니다, 부인. 구보카와치 씨는 피해자입니다."

"네? 용의자잖아요? 이 사람도 살해당했나요?"

"아니요. 그게 아니라." 요시오카가 헛기침을 했다.

"투자 사기 피해자입니다."

영문을 알 수 없어서 멍하니 형사를 쳐다보았다.

"투자 사기를 벌인 건 남편분인 다다토키 씨입니다."

시간이 얼마나 지났을까.

한동안 하염없이 축 처져 있었다. 두 형사도 미동도 하지 않고 가만히 내 반응을 지켜보고 있었다.

"그럴 리가 없어요······."

나는 그 말만 겨우 쥐어짜 냈다. 그쯤에서 또다시 할 말을 잃고 아무 생각도 할 수 없었다. 눈물은 연달아 줄줄 흐르는데 입 안은 바짝 탔다.

"그 말씀은 부인은 사기에 대해 몰랐다는 거지요?"

"당연하죠!"

사기 가해자로 치부하는 듯한 말투에 두 사람을 무심코 노려보았다.

"분명 착오일 거예요. 남편이 사람을 속일 리가 없어요."

"하지만······." 요시오카는 난처한 표정으로 말을 이어 갔다. "남편분이 사기에 가담했다는 증거가 있습니다."

증거라는 말을 들어도 도저히 믿을 수 없었다. 죽음을 받아들이는 것조차 괴로운 나에게 남편이 범죄자라는 말을 하니 분노마저 솟구쳤다.

하지만 심각해 보이는 두 사람의 시선을 마주하자 자신감이 흔들렸다. 산전수전을 다 겪은 형사들이 이렇게까지 확신하는 증거라는 것은······.

"이번 사건이 벌어진 아파트에 이런 게 있었습니다."

구보카와치 히데오의 얼굴 옆에 사진 다발이 놓였다. 팸플릿 표지를 가까이에서 촬영한 것이었다. 들어서 보자 '풍족한 미래로―'라는 타이틀과 외국 혹은 어딘가의 아름다운 풍경이 찍혀 있었다. 그다음 사진은 팸플릿 속 페이지로 보였는데 이렇게 쓰여 있었다.

수원의 오너가 되지 않겠습니까?

스위스 알프스산맥은 수원지로 유명합니다.

스위스산 생수를 구입한 경험이 있는 분도 적지 않을 겁니다. 칼슘과 마그네슘이 풍부하고 경수지만 물맛이 상당히 부드럽고 단맛이 나는 게 특징입니다.

게다가 생수 시장은 웰빙 바람을 타고 매해 확장되고 있습니다. 건강을 신경 쓰는 분은 열이면 열 아무 물이나 마시지 않습니다.

앞으로 계속 성장할 시장에 참가할 수 있다면 어떻게 하시겠습니까? 수원지의 공동 오너가 될 수 있다면 어떻게 하시겠습니까?

당사는 이번에 알프스산맥에서 발견된 수맥의 채수권을 취득했습니다. 그리고 이번에 특별히 그 권리를 개인에게도 양도해 오너가 될 수 있는 기회를 드리고자 합니다. 당신도 반드시 이 기회에 저의 파트너가 되어보시지 않겠습니까?

투자 금액 한 계좌당 20만 엔

대충 읽어도 수상쩍게 느껴졌다. 다음 사진은 아무래도 뒤표지인지 이터널 파트너즈라는 회사명과 주소(다다토키가 죽었을 때 가지고 있던 명함에 있었던 것과 같았다)가 적혀 있었다.

이 상황을 어떻게 받아들여야 할지 알 수 없었다. 머리가 새하얘졌다.

"이런 팸플릿이 남편 사무실에 있었나요?"

"네. 조사 결과 이 회사는 등기도 존재하지 않았고 채수권도 확인할 수 없었습니다."

"이 의사가 가짜 채수권 파트너가 되었다는 거네요."

"아니요. 채수권 피해자는 다른 사람입니다."

다른 사람이라는 말에 나는 무심코 사진에서 고개를 들어 형사들을 쳐다보았다.

"이 사람 말고도 사기를 당한 사람이 또 있다는 건가요?"

"네. 사실 남편분 일로 피해 신고서가 몇 건 들어왔습니다. 나머지 사진도 보십시오."

사진을 연달아 넘기자 팸플릿은 똑같았으나 글과 사진만 다른 것이 나왔다. 이번에는 채수지가 아닌 차밭이라든지 물고기 양식장이었지만, 투자할 사업 파트너를 모집한다는 점에서는 동일했다. 더 보고 있기가 두려워져서 나는 무릎 위에 놓인 사진들을 손으로 가렸다.

"남편분은 상대가 흥미를 가질 만한 종목에 맞춰 팸플릿을 수정해 투자금을 모으고 있었던 듯합니다."

"말도 안 돼요……."

핏기가 가시고 손발이 부들부들 떨려 아직 보지도 않은 사진이 바닥으로 후드득 떨어졌다. 그중에 한 장을 보고 가슴이 철렁 내려앉았다. 미끌미끌하고 시뻘건 것, 장기?

"이건⋯⋯."

"심장입니다."

"심장이요? 설마 남편이 그런 것까지 팔고 있었나요?"

자포자기한 듯이 꺼낸 농담에 형사들은 진지한 표정으로 "그렇습니다"라며 고개를 끄덕였다.

"네? 설마⋯⋯."

가마타가 다른 사진을 주워들어 나에게 보여 주었다. 그 사진에는 반투명한 관이 달린 불가사의한 형태의 장기가 찍혀 있었다.

"인공 심장입니다. 남편분은 구보카와치라는 의사에게 인공 심장 개발 이야기를 꺼내 투자를 받았습니다."

"인공 심장 개발 같은 그런 어마어마한 일을⋯⋯ 아마추어가 할 수 있을 리가 없을 텐데."

"네, 그러니까⋯⋯." 가마타가 선뜻 말을 꺼내지 못하자, "명백한 사기죠"라고 요시오카가 단호하게 말했다.

"이런 보고를 드릴 수밖에 없어서 죄송합니다. 남편분이 돌아가신 지 얼마 되지 않아 저희도 마음이 무겁지만 진상 해명에 적극적으로 협력해 주세요."

두 사람은 한뜻으로 고개를 푹 숙였다. 나는 마침내 내가 아무리 부정하더라도 다다토키가 사기를 쳤다는 것은 빼도 박도 못할 사실이라는 진실을 깨달았다. 아마 요 나흘간 유족인 나를 섣불리 자극하지 않기 위해 증거를 철저히 파헤쳐서 확증을 얻은 후에 방문했을 것이다.

"대체 누가……."

정신을 놓고 입을 꾹 다물고 있던 내가 입을 겨우 떼자 이 순간을 놓치지 않겠다는 듯이 두 사람은 몸을 앞으로 기울였다.

"누가 남편을 끌어들였나요? 분명 선동한 사람이 있을 거예요."

"저희도 지금 조사 중입니다만, 남편분은 단독으로 행동하신 듯합니다."

"그럴 리가요."

"신고를 한 사람들, 그리고 구보카와치의 증언에 따르면 남편분 말고는 접촉한 사람이 없다고 합니다."

"그렇다고 공범이 없다고 단정 지을 순 없잖아요."

"작업실로 사용한 아파트에서 컴퓨터와 휴대전화를 압수해 분석했지만, 피해자 말고 다른 사람과 연락을 주고받은 흔적은 없었습니다. 또한 수금한 돈이 다른 곳으로 빠져나간 흔적도 없습니다."

남편이 혼자 이런 짓을 저질렀단 말인가.

"피해 금액은…… 얼마나 되나요?"

"30만 엔, 50만 엔 같은 소액 사기가 세 건 있는 반면, 구보카와치 씨 경우에는 피해 금액이 3,000만 엔입니다."

내 눈이 휘둥그레졌다. 남편을 살해할 동기가 될 만한 충분한 금액이었기에 갑자기 이 상황이 현실감을 띠기 시작했다.

"그런 거금을, 설마 남편이……?"

"네. 남편분의 계좌에 확실히 입금되어 있었습니다."

"언제쯤인가요?"

"반년 전입니다."

그 돈이 우리 생활비로 사용되었다는 건가.

"이 남자는."

구보카와치라고 부르고 싶지 않아 턱으로 가리켰다.

"남편을 살해했다는 사실을 인정하나요?"

"아뇨, 부정하고 있습니다. 처음에는 신고자, 목격자로 취조하고 있었는데 남편분과 면식이 있다는 점과 피해를 입었다는 사실을 알게 되어 의심하기 시작했습니다. 범행 현장인 아파트에 몇 번인가 드나들었다는 사실도 이웃에게 확인을 받았습니다. 또한 사건 직전에 아파트 근처에 있는 술집에서 두 사람이 언성을 높이는 모습이 목격되었습니다. 남편분의 작업실 안에서 구보카와치의 지문이 검출되었습니다. 말다툼을 벌인 후에 남편분이 먼저 가게를 나섰고, 구보카와치는 남편분을 살해하기 위해 작업실까지 쫓아갔다고 저희는 예상하고 있습니다. 하지만 증거가 없기 때문에 짐작일 뿐이지만요."

"아파트 보안 카메라에 찍혀 있지 않았나요?"

"아쉽게도 오래된 아파트라서요. 엘리베이터에는 달려 있지만, 계단을 사용하면 찍히지 않습니다."

"그렇군요……."

"더욱 의심이 갔던 이유는 구보카와치의 목격 증언이 애매했기 때문이기도 합니다. 처음에는 다다토키 씨가 베란다에서 추락했다고 했지만, 감식 결과 다른 창문에서 떨어졌다는 사실이 밝혀졌습니다."

가마타가 사진을 꺼냈다. 낯선 공간이 찍혀 있었다. 팸플릿이(아마 조금 전에 형사가 보여준 것인 듯하다) 어수선하게 쌓여 있었고 책상 위에는 노트북과 프린트물이 놓여 있었으며 벽 쪽에 아담한 책장만 덩그러니 놓여 있는 썰렁한 공간이었다.

이런 상황에서도 나는 조금 기뻤다. 여자를 들인 흔적이 없어서 다행이었다. 바람보다 사기가 훨씬 낫다고 생각하는 나는 이상한 걸까.

"남편분의 작업실은 원룸이고 동쪽에 작은 베란다가 있으며 그 옆에 허리 높이의 창문이 있습니다. 창틀, 그리고 아래의 외벽에 긁힌 흔적이 있었고 남편분은 목격자가 증언한 베란다가 아닌 창문에서 떨어진 것으로 판명되었습니다."

요시오카가 다음 말을 이어받았다.

"그 사실을 구보카와치에게 추궁했더니 추락하는 모습을 실은 보지 못했고, 자신이 달려갔을 때 이미 바닥에 다다토키 씨가 떨어져 있었기 때문에 순간적으로 베란다에서 추락했다고 생각했다며 증언을 바꾸었습니다. 즉 거짓말을 인정했다는 거죠."

"하지만 왜 그런 거짓말을 한 거죠?"

"자살로 위장하고 싶었던 게 아닐까 싶습니다. 베란다에서 사람을, 게다가 남자를 밀어 떨어뜨리는 건 설령 같은 남성이라도 해내기 어려운 일일 테니까요. 하지만 창문에서라면 간단하지요."

"그 사람 말고 목격자는 또 없나요?"

"그 순간을 목격한 사람은 아무도 없습니다. 다만 같은 아파트 1층에 사는 이웃이 심상치 않은 소리가 나서 창문을 내다보았다고 합니다. 그때 다다토키 씨의 모습을 보고 기겁을 했다고 합니다. 그리고 잠시 후 구보카와치가 어디에서 왔는지 몰라도 달려와 상태를 확인하고 있었다고 합니다. 구보카와치는 아파트 정문에서 나타났다고 합니다. 그래서 범행을 저지르고 모습을 드러냈을 가능성도 있고, 구보카와치의 말이 거짓이 아닌 진실로 다른 장소에서 왔을 가능성도 있습니다. 하지만 정황상 구보카와치가 범인이라고 생각하는 게 자연스럽고 게다가 범행 동기가 있기에 신병을 확보했습니다. 본인은 부정하지만, 어차피 자신의 죄를 인정하는 범인은 없기 때문에 저희는 조사를 이어나가 확실한 증거를 확보해 나갈 겁니다."

"저기…… 남편이 저지른 사기 사건은 어떻게 되나요?"

"입건되어 용의자 사망으로 서류 송치될 겁니다."

"알겠습니다."

내 표정이 어지간히 불안해 보였는지 요시오카가 부드럽게 말했다.

"부인, 지금은 구보카와치 사건에 집중하세요. 저희가 진상을 명명백백히 밝혀낼 테니까요."

다시 연락하겠다고 말하고 두 사람은 물러났다.

형사들이 돌아가고 나는 레토르트 스파게티를 꺼내 전자레인지로 해동해 허겁지겁 먹었다. 며칠 굶은 만큼 배를 채우듯이 사과 주스도 벌컥벌컥 들이켰다.

그러고 나서 느긋하게 목욕을 했다. 뭉친 근육이 뜨거운 탕에서 풀어졌다.

다다토키를 살해한 녀석이 있다는 사실을 알게 되었으니 이제 더 이상 넋 놓고 있을 수만은 없었다. 반드시 구보카와치가 자신의 죄를 시인하게 만들고, 심판을 받게 만들겠다는 분노심이 아이러니하게도 살아갈 힘에 불을 붙였다.

샤워를 하고 머리를 단정하게 빗었다. 외출할 일은 없지만 화장을 하고 밝은색 튜닉 블라우스에 흰 바지를 입었다. 자신을 가꾸면 마음도 단단해진다. 이건 내 나름의 대처법이다.

그러고 나서 음식물 쓰레기를 정리해서 베란다에 내놓고 빨래를 갠 다음 거실을 대충 정리했다. 청소기를 돌리다 아니나 다를까 제풀에 지쳐서 소파에 앉아 며칠이고 꺼져 있던 텔레비전을 틀었다.

별생각 없이 채널을 돌리는데 갑자기 '지바현 A시 다니모토초의 아파트에서 남성이 추락한 사고가……'라는 뉴스가 들렸다. 뉴스 방송답게 여성 앵커가 진지한 표정으로 앉아 있었다. 소리를 허겁지겁 높였다.

"…… 경찰은 용의자로 시내에 사는 남성의 신병을 확보했습니다. 살해된 가와사키 씨는 투자 사기에 연루된 혐의가 있어 경찰 측에서는 용의자와 모종의 다툼이 벌어져 사건으로 발전했다고 보고 있습니다."

벌써 뉴스로 나오는 거야?

깜짝 놀란 순간 인터폰이 울려 흠칫했다. 아파트 공동 현관을 비추는 모니터에 낯선 남자의 얼굴이 크게 비쳤다. 옷차림을 보아하니 택배 기사는 아닌 듯했다. 응답 버튼을 누르려다가 유심히 보니 그 뒤에 몇몇 사람이 서 있었다. 그들은 서로를 밀치고 있었고 마이크와 카메라 등의 기재가 언뜻 보였다.

매스컴……!

뉴스로 다루어지기 전부터 보도진 사이에서 정보가 돌고 있었던 게 틀림없다. 다다토키의 추락사는 지역 뉴스 방송에서도 다루어졌고 신문에도 실렸지만 주요 방송사에서는 한 사람도 찾아오지 않았다. 그런데 사기에 연루되어 있을 가능성을 알게 되자마자 이렇게 가차 없이 밀어닥치다니.

인터폰 소리가 계속 들렸다. 보도의 자유라는 대의명분을 짊어지고 그들은 인정사정없이 행동했다.

그사이에 인터폰 소리가 달라졌다. 지하의 공동 현관과 집 현관 멜로디는 다르다. 그리고 지금 울린 것은 집 현관 벨이었다. 공동 현관에 무리 짓고 있던 사람들이 공동 현관 인터폰을 누르기 전에 이미 다른 무리들이 이웃이 드나드는 때를 노렸다가 들어왔다는 건가.

모니터에는 남녀 여러 명이 서로를 밀쳐대며 입구에서 "집에 계시는 거 맞죠?" "한 말씀 들려주시죠"라고 외쳐댔다.

인터폰의 멜로디가 번갈아 바뀌고 카메라도 그때그때 다른 장면을 비추었다. 그사이에 공동 현관 쪽에 있던 무리는 관리인에게 내쫓기는 모습이 보였다. 여기에도 와서 쫓아내 주겠지.

"투자 사기에 부인도 가담했습니까?"

"체포된 용의자는 피해자이기도 하지요. 그에 대해 어떻게 생각하십니까?"

"3,000만 엔이라는 금액도 알고 있습니다. 일단 나와서 천천히 설명해 주십시오."

현관 너머로 매정한 목소리가 연달아 들렸다. 머리 꼭대기에 피가 솟구치고 분노가 치밀어 올라 문을 벌컥 열어젖혔다.

"여기서 무슨 짓이죠? 우리 남편은 살해당했습니다. 나쁜 건 범인이잖아요? 왜 남편을 몰아세우는 거죠? 범인을 추궁하세요!"

그 순간 플래시 세례를 받았다. 셔터를 누르는 연속음이 줄기차게 아파트 복도에 울려 퍼졌다. 기자들이 마이크와 카메라를 얼굴에 들이댔기 때문에 다급히 문을 닫으려고 했지만 억지로 비집고 들어온 기자의 발이 가로막았다.

"그럼 남편분은 죄가 없다는 말씀이십니까?"

"네. 그렇게 생각합니다."

"팸플릿을 보셨나요? 상당히 교묘하던데요?"

"저는 모릅니다. 집 안은 찍지 마세요!"

그곳에 관리인이 달려와서 기자 무리들을 쫓아내 주었다. 다급히 문을 닫고 잠갔다. 문 너머로 "불법 침입으로 고소하겠습니다"라고 말하는 관리인에게 "친척이 살고 있어요"라고 태연하게 대답하는 소리가 들렸다. 관리인에게 내쫓겨 줄지어 엘리베이터에 타는 모습이 도어 스코프로 보였다.

마침내 고요해졌고 나는 한숨을 돌렸다. 거실로 터벅터

벽 걸어와 켜져 있던 텔레비전을 끄고 소파에 털썩 쓰러졌다. 지금의 설전만으로도 체력 소모가 엄청났다. 텔레비전 장식장에 놓인 액자에서 턱시도를 차려입은 다다토키가 미소 짓고 있었다. 결혼식을 올리는 대신에 사진관에서 촬영한 것이다. 다다토키의 옆에는 하얀 드레스를 차려입은 내가 있었다. 우리 둘 다 무척이나 해맑은 표정을 짓고 있었다.

"내가 당신을 앞으로 지킬게. 이 세상에 서로 의지할 사람은 우리 둘뿐이니까."

그는 나에게 이렇게 프러포즈했다. 그리고 그 약속대로 그는 쭉 나를 지켜주었다. 내가 부족함 없이 살 수 있도록 부지런히 일해 돈을 벌어 여유로운 생활을 하게 해주었다.

세상에 단 둘뿐이라는 말은 로맨틱한 비유도 과장도 아니었다. 우리는 둘 다 실제로 가족이 없었기 때문이다.

"너만 내 옆에 있으면 돼. 사키코."

다다토키의 말이 귓가에 되살아났다.

사키코. 그게 내 본명이었다.

灼熱

4

내가 나고 자란 곳은 도치기 시골로, 엄마는 내가 두 살 때 병으로 세상을 떠났고 이후 나는 농사꾼인 아빠 손에서 자랐다.

그런 아빠가 뺑소니로 사망한 것은 내가 초등학교 5학년 때였다. 사방이 논밭 천지인 지역이었기에 가로등을 찾아볼 수 없었다. 아빠는 폭우가 쏟아지던 밤에 "밭이 걱정이네"라며 나간 후 그길로 돌아오지 못했다.

아빠 시신은 밭으로 가는 산길에 쓰러져 있었다고 한다. 마을 사람이 혼비백산해서 우리 집으로 달려와 알려주었다.

주변에, 그리고 아빠의 몸에 타이어 자국이 남아 있는 점에서 차에 치였다는 사실은 명백했다. 차에 부딪혀 몸이 튕겨 나간 곳에 불행하게도 큰 바위가 있었고, 그 바위에 머리를 세게 찧은 것이 치명타가 되었다.

"비가 억수같이 쏟아져서 앞이 잘 안 보였나 보네."

나이를 지긋하게 먹은 순경이 말했다.

집이 따닥따닥 붙어 있는 마을이었기에 나는 범인이 금방 잡힐 줄 알았다. 하지만 일은 생각과 다른 방향으로 흘러갔다. 순경 아저씨에게 따져도 그는 "수사는 착착 진행되고 있어"라며 얼렁뚱땅 넘어가기만 했다.

머지않아 나는 상황이 대충 파악되었다. 범인을 찾는 것은 즉 이웃을 의심해야 한다는 것. 그래서 흐지부지 넘어가려고 했던 것이다.

"타이어 자국을 증거로 여러모로 백방 뛰어봤지만, 이 동네 차가 아니었어. 차 주인이 외지인인 듯하니 더 이상 수사할 방법이 없구나."

그 말을 선뜻 납득할 수 있을 리가 없었다.

나는 아빠 장례식에 온 사람들의 차를 한 대씩 살펴보았다. 무언가 밝혀내기는 힘들겠지만 열 살 남짓한 아이가 할 수 있는 일은 고작 그 정도밖에 없었다.

"사키코, 이웃사촌을 범인으로 몰지 마. 뺑소니범은 외지 사람이니까."

큰아빠에게 호되게 혼이 났다. 같은 동네에서 농사를 짓는 큰아빠는 마을에서 겉돌게 될 것을 염려해서거나 아마도 아빠가 남긴 밭과 농기구를 누군가에게 비싼 값에 팔아 넘기겠다는 꿍꿍이가 있었을지도 모른다.

"그리고 다들 널 예뻐해 줬잖아."

엄마가 세상을 떠난 후 동네 사람들이 날 키우다시피 한 건 인정한다. 학교에서 돌아오면 아빠는 밭을 가꾸러 나가 나는 홀로 시간을 보냈다. 주로 이웃집에서 간식을 먹고 숙제를 하고는 목욕을 하고 끼니를 해결했다. 보살핌을 받 고 도움을 받은 것은 사실이다.

반면 갑갑하기도 했다. 내 일에 훈수를 두는 부모가 한 두 사람이 아니었기에 감시받는 느낌이었고, 신세를 진만 큼 당연히 잡초를 뽑거나 아이 돌보기, 외양간 청소로 빚 을 갚아야만 했다. 그리고 폐쇄적인 시골에서 웃어른이 하 는 말은 아무리 납득이 가지 않아도 절대적이었다. 아빠 사건을 두고도 온 마을에 '이 동네 사람을 범인으로 몰 수 없다'는 무언의 압박감이 감돌았다.

결국 나 같은 코흘리개의 말을 어른들은 귓등으로도 듣 지 않았고 범인은 밝혀지지 않은 채 시간이 흘렀다. 나는 그 일을 지금까지 분하게 여기고 있다.

큰아빠는 나를 거두겠다고 했지만, 나는 싫다고 고집을 부렸다. 큰아빠를 더 이상 신뢰하지 않았고, 이 동네라면 이미 신물이 났기 때문이다.

아빠에게는 누나가 있었는데, 고모는 도쿄 외곽으로 시집을 갔다. 나는 마을에서 벗어나고 싶어서 고모에게 사정을 설명하며 애원했다. 그러나 집도 비좁고 한창 말썽을 부릴 나이의 사내 녀석이 둘이나 있어 손이 유독 많이 갔기에 고모부는 탐탁지 않아 했던 모양이다. 하지만 중학교를 졸업할 때까지만이라는 조건을 내걸고 허락을 받았다.

떳떳하게 도쿄로 터를 옮기며 공립 초등학교에 전학을 갔지만 시골과는 수업 진도가 달라도 너무 달라 바로 따라잡을 수 없었다. 더구나 고학년에 전학했기 때문에 이미 똘똘 뭉친 무리에도 끼기 힘들었다. 나는 가뜩이나 성격이 활발하지 않아서 결국 어울려보지도 못한 채 졸업했다.

공립 중학교에서는 친구가 몇 생겼지만, 그 아이들이 등교를 하지 않자 다시 외톨이가 되었다. 나도 학교를 그만두고 싶다고 생각한 적이 있지만, 고모에게 면목이 없어서 학교만큼은 착실히 다니기로 마음을 먹은 상태였다.

중학교 3학년이 되자 고모는 나에게 원하는 고등학교에 진학해도 된다고 했다. 고모네에 계속 머물 수 있도록 가족을 차분히 설득했다면서 말이다.

"사립에 가도 돼. 공립이든 사립이든 지원받을 수 있

는 방법이 있나 보더라고. 이자 없이 빌릴 수 있는 학비도 있대."

고모는 고모 나름대로 걱정해서 사방팔방으로 알아봐 준 것이었다.

하지만 나는 고모네를 나가 야간 고등학교를 다니면서 숙식 제공을 받는 곳에서 일하는 길을 선택했다.

고모는 다정다감했지만 고모부와 나는 사이가 서먹했고 장난꾸러기였던 두 사촌 동생이 사춘기에 접어든 것도 신경 쓰였다.

아무리 그들이 나를 조카로 대해 주어도 내 쪽에서는 그들의 시선이 의식될 수밖에 없었다. 잠옷 차림일 때도 젖꼭지가 비쳐 보이지 않도록 갑갑하기 그지없는 브래지어를 해야만 했고 생리대를 화장실 선반에 보관할 수도 없었다. 캐미솔이나 미니스커트도 입어보고 싶었지만, 그것도 포기했다. 그런 생활이 나는 터무니없이 갑갑했다.

중학교를 졸업하기 전에 직원 식당 일을 구했다. 기숙사가 완비되어 있는 데다 식사가 제공된다는 점에 이끌렸다. 낮에는 주방 보조로 일하고 밤에는 야간 고등학교에 다녔다. 식당도 학교도 문을 닫는 주말에는 이탈리아 레스토랑에서 주방 보조 아르바이트를 했다.

처음 하는 독립은 해방감을 가져다주었다. 눈치 볼 일 없이 입고 싶은 옷을 입고, 먹고 싶은 음식을 먹고, 보고 싶은 프로그램이나 DVD를 볼 수 있었다. 지금까지는 샤워한 후에 속옷 차림으로 돌아다니는 일은 어림도 없었지만, 혼자 사는 집에서는 대충 아무렇게나 걸쳐 입고 느긋하게 얼굴 로션과 보디로션을 바를 수 있었다.

그때까지만 해도 고모에게 매달 용돈을 만 엔씩 받았는데, 거기엔 휴대전화 요금도 포함되어 있었다. 하지만 돈을 벌기 시작하자 매달, 기숙사비와 식비와 전기세를 빼도 십만 엔은 족히 수중에 남았다. 당시의 나에게 그 돈은 주체할 수 없을 만큼 큰돈이었다. 처음으로 화장품을 사고 조금 비싼 샴푸와 린스를 골랐으며 속옷을 새로 장만하고 화사한 옷을 사다 날랐다. 미용실에도 달마다 드나들게 되었다.

자유를 얻고 갑자기 꾸미는 데 눈을 뜬 나는 주방에서는 금지된 화장품이나 매니큐어를 밤이 되면 정성을 다해 바르고 고등학교에 다녔다. 그래서 학교에서 상당히 겉돌았다. 학생들은 연령도 직업도 제각각이었는데, 불량 청소년처럼 까칠한 아이는 있었지만 나처럼 몹시 꾸미고 오는 여자아이는 없었다.

하지만 그래도 좋았다. 화장한 나를, 차려입은 나를, 누군가에게 보여 주고 싶었다. 동시에 나는 변하고 싶었다. 작은 마을에 살았을 때의 자신이나 학교에서 외톨이였던 시절의 자신을 잊고 싶었다.

야간 고등학교에는 학생이 점점 줄어들었다. 입학식 때는 학생이 100명 이상 있었는데, 새로운 한 주를 맞이할 때마다 다섯 명, 열 명씩 얼굴을 비추지 않았다.

다다토키는 학생이 서른 남짓 남은 데다 여름방학을 앞둔 어중간한 시기에 전학을 왔다.

그는 나보다 두 살 많은 열여덟이었지만, 1학년부터 시작했기에 반이 같았다.

그는 말수가 적어 거의 아무하고도 말을 나누지 않았다. 수업 중에도 따분해했고 조별 활동에도 참가하지 않았다. 하지만 선생님이 무슨 문제를 내든 완벽하게 대답했고 쪽지 시험을 칠 때마다 늘 만점을 받았다. 명문 인문계 고등학교에 다녔다는 소문을 들었다.

노랗게 염색했지만 눈썹이 까매서 위화감이 드는 데다 보란 듯이 한쪽 귀에 피어싱을 하고 있었다. 이른바 고등학생이라는 사실을 온몸으로 발산하려는 듯한 몸부림이 애잔하게 느껴져서 나 자신과 겹쳐 보였다.

오토바이 가게에서 견습 정비사로 숙식을 해결했던 그

는 늘 화려한 오토바이를 타고 학교에 등교했다. 누군가가 살짝 만지기만 해도 불같이 화를 내던 그는 당연히 외톨이였지만, 나에게는 그런 거친 행동마저도 왠지 약한 자의 몸부림처럼 보여 마음이 아렸다.

나는 다다토키와 사소한 계기로 대화를 나누게 되었다. 수업이 끝나고 하교할 때 교문을 나가면서 명찰을 빼 가방에 넣으려고 하는데 명찰이 손에서 미끄러지고 말았다. 한 달에 한 번 원어민 교사가 진행하는 영어 회화 시간에 사용하는 클립으로 된 명찰이었는데 영어로 이름이 쓰여 있었다. 명찰은 주차장에서 오토바이 잠금장치를 풀던 그의 앞에 우연찮게 떨어졌다.

"네 이름이 가와사키야? 오토바이 이름도 아니고 뭐야?"

명찰을 주워 나에게 건네면서 그가 피식 웃었다.

"게다가 사키코 가와사키라니. 사키가 두 번이나 들어가잖아. 이름이 그게 뭐야. 너희 부모님이 너무 대충 지으신 것 같은데?"

"가와사키는 날 돌봐 준 고모의 성이야. 친부모님은 두 분 다 이미 세상을 떠났으니까."

야간 고등학교에는 사연 많은 학생들이 다니고 있지만,

역시 열여섯에 부모를 모두 잃은 사람은 없었다. 그래서 천진난만하게 "야간 고등학교에 다니는 거 부모님이 뭐라고 안 하셔?"라는 질문을 받을 때마다 "난 부모님이 안 계셔"라고 답하면 "앗, 미안"이라고 겸연쩍은 듯이 사과받는 일이 허다했다. 그래서 이때도 이 껄렁한 녀석을 무안하게 만들어 줘야겠다며 일부러 그렇게 말했다.

하지만 그는 이렇게 답했다.

"아, 그래?"

대수롭지 않다는 반응이었다.

"안 놀라네?"

"왜 놀라? 나도 마찬가진데."

"너도 그래?"

놀란 게 왠지 분했다.

"우리 아빠 뺑소니를 당했어. 범인은 못 잡았고."

그렇게 말했지만, 역시 "흐음" 하고 반응이 미지근했다.

"넌?"

"동반 자살."

"뭐어……?"

"사업을 했는데 잘 안 풀려서 위험한 곳에 빚을 어마하게 진 모양이더라고. 하루는 아빠가 다 같이 드라이브를 가자고 해서 따라갔더니 나도 모르는 사이에 수면제를 먹고 잠들었고 일어났더니 병원이었어. 차에는 빈틈마다 테이프가 발라져 있었고 안에는 연탄이 있었대. 우연히 조깅하던 사람이 발견해서 신고해준 덕분에 나만 살아남았어."

그는 남의 일인 양 책의 줄거리를 읊듯이 태연하게 말했다.

"그거…… 정말이야?"

"농담으로 이런 끔찍한 소릴 하겠어? 뉴스에도 나왔어."

"그랬구나. 미안해."

무안하게 만들 생각이었지만, 오히려 내가 무안해져서 입을 다물었다.

"주변 시선이 따가워서 잘 다니던 고등학교도 때려치워야 했어. 인생이 만신창이가 됐지 뭐. 친부모가 자식을 죽이려고 들다니 그게 말이 돼? 그래서 난 사람이라면 안 믿어."

까칠하게 툭 내뱉는 듯한 말투. 하지만 나에게는 실은 누군가를 간절히 믿고 싶다는 서글픈 외침으로 들렸다.

"학교를 때려치우고 여기에 올 때까지 뭐 했어?"

"소년분류심사원에 있었어."

그가 조금 자랑스러운 듯이 가슴을 내밀었다.

"어쩌다가?"

"보이스피싱 사기 때문에."

"…… 저질."

"우리 동네에 엄청 엉큼한 영감탱이가 있었거든. 좋은 사람인 척 어린 여자애들한테 접근해서는 몸을 더듬었어. 그러다 걸리면 치매 노인 흉내를 내더라고. 그래서 그 녀석을 노렸지. 영감탱이 아들 부부가 그 영감한테 정이 오만상 떨어져서 분가했다는 걸 알고 있어서 그 아들 흉내를 내서 전화했어. 횡령한 게 발각될 것 같으니 30만 엔을 준비해 달라고. 친구가 가지러 갈 거라면서."

"그랬더니?"

"처음에는 성공했어. 그러다 두 번째에 잡혔어. 그 영감탱이가 속은 척을 하고선 경찰을 불렀지 뭐야. 치매는 개뿔."

큭큭, 하고 기가 차다는 듯이 웃었다.

"그래도 사람을 속이는 건 너무했어."

"돈이 궁했어. 별수 없잖아."

"그래서 그 할아버지는 어떻게 됐어?"

"일단 경찰한테 여자아이들한테 저질렀던 엉큼한 짓들은 말했어. 경찰이 순찰을 강화하겠다고 했지만 글쎄. 뭐

나랑 상관없는 일이지. 어차피 돈만 챙기면 되니까."

다다토키가 다시 코웃음을 쳤다. 그 옆모습이 애써 허세를 부리는 것처럼 보였다.

"너 참 삐딱하네."

"뭐어?"

"못된 애도 아니면서 일부러 못된 행동을 하잖아. 그렇게 해서 세상에 복수하려는 느낌이야."

"무슨 헛소리야?"

"너 실은 얌전하고 착실한 애지? 그 노랑머리도 피어싱도 하나도 안 어울려. 게다가 피어싱은 최근에 뚫었지? 피어싱 처음 한 거 아냐?"

내가 지적하자 다다토키는 손으로 귓불을 얼른 가렸다. 피어싱을 처음 할 때는 구멍이 막히면 안 되니 뚫고 나서 한 달 정도는 빼선 안 된다. 피어싱 모양이 굵직한 걸 보니 멋과는 거리가 멀었다.

"네가 뭘 안다고 그래?"

다다토키가 까칠하게 나왔다.

"난 알아."

나는 단호하게 말했다.

"안다고. 넌 나랑 닮았으니까."

다다토키가 처음으로 나를 정면으로 쳐다보았다.

"나도 내 과거가 끔찍해. 그래서 지금 필사적으로 과거에서 멀어지려고 하고 있고. 그러지 않으면 다시 불행해질 것 같아서 두렵거든. 또 불행해지면 분명 극복하려는 의지도 상실할 거야. 그대로 나락으로 추락해 죽고 싶을지도 모르지. 그래서 지금 나는 필사적이야. 변해서 앞으로 나아가려 하고 있어. 너도 마찬가지지?"

다다토키는 입을 꾹 다물고 나를 빤히 쳐다보기만 했다. 하지만 기나긴 침묵 끝에 "너 참 별나네"라고 중얼거렸다.

"너, 어디 살아?"

"응? 하시노역(驛) 근천데?"

"바래다줄게."

"바래다주다니……? 오토바이로?"

"응."

그는 핸들에 걸쳐 놓은 헬멧을 들어 던져 주었다.

"그런데 네 건?"

"또 있어."

그는 시트를 열어 헬멧을 하나 더 꺼냈다.

"예전에 헬멧을 도둑맞았거든. 그래서 비상용을 꼭 챙겨 다녀."

역시 반듯한 아이라고 마음속으로 생각했다.

그가 헬멧을 썼다. 내 헬멧은 턱까지 가리는 풀페이스였지만, 그는 머리통만 가리는 반모 헬멧이었다.

"내가 비상용 쓸게."

"안 돼. 넌 여자니까 전부 다 가려야 안전해."

그가 무뚝뚝하게 말했다.

나는 머리를 집어넣었다. 희미하게 머리카락 냄새가 났다. 곰곰이 생각해 보니 그는 매일 이 헬멧을 사용한다. 풀페이스 타입 헬멧이었기 때문에 입 부분에 내 입술이 닿았다. 그런데도 이상하게 불쾌하지 않았다.

"턱 부분 끈 잘 채워."

그가 가리킨 턱 부분을 더듬어보자 벨트 같은 것이 있었다. 잠그는 법을 몰라서 허둥대는데 "참 나" 하고 혀를 차는 소리가 들리더니 그의 손가락이 목덜미에 닿았다.

헬멧 너머였지만 그의 얼굴이 몹시 가까웠다. 헬멧에서 들여다보이는 그의 눈은 길게 찢어져 남자다웠으며 코가 시원스럽게 뻗어 있었다. 어울리지 않는 노랑머리 때문에 몰랐지만 이목구비가 예쁘장했다.

헬멧에서 내다보는 좁은 시야에 그 아이만 비쳤다. 주위의 소리도 차단되어 마치 이 세상에 둘만 있는 것 같았다.

"단단히 붙잡아."

헬멧을 다 잠근 후 그는 오토바이에 걸터앉아 턱으로 뒤를 가리켰다. 청바지를 입고 있어서 다행이라고 생각하며 머쓱하게 뒤에 앉아 그의 허리에 손을 둘렀다. 시동을 건 순간 큰 소리와 진동이 몸을 가로질렀다.

달리기 시작하자 속도가 생각보다 빨라서 다급히 그에게 매달렸다. 무서워서 눈도 뜨지 못하고 이를 악문 채 떨어지지 않으려 경직된 자세를 취하고 있었다.

이내 익숙해져서 조심스럽게 눈을 뜨자 엄청난 스피드로 밤경치가 흐르고 있었다. 네온사인도 건물도 차도 사람도 눈 깜짝할 사이에 뒤로 밀려났다. 티셔츠가 바람을 품었고 머리가 날렸다. 마치 그와 함께 바람이 된 것 같았다.

허리에 두른 팔과 등에 밀착된 가슴으로 그의 체온이 느껴지자 문득 이 사람과 함께라면 앞을 향해 나아갈 수 있을 것 같았다. 이렇게 엄청난 스피드로 과거를 풍경처럼 뒤로 흘려보내며 성큼성큼 나아가는 것이다. 오로지 미래를 향해. 앞만 진지하게 바라보면서.

이대로 그와 떨어지고 싶지 않았다.

계속해서 갈 수 있는 곳까지 질주하고 싶었다.

하지만 20분 만에 내가 사는 기숙사에 도착하고 말았다.

여전히 바람의 일부가 된 듯한 벅찬 가슴을 주체하지 못한 채 나는 오토바이에서 내려 헬멧을 벗어 건넸다. 다다토키는 비상용 반모 헬멧을 벗어 시트 안에 넣고 풀페이스 헬멧을 다시 썼다. 두근거렸다. 간접 키스잖아.

"어라?"

다다토키는 헬멧 덮개를 열어 내 얼굴을 물끄러미 쳐다보았다. 그리고 갑자기 웃음을 내뿜었다.

"너, 눈썹이 없어졌어. 머리도 눌렸고."

"앗!"

나는 다급히 오토바이 사이드미러에 얼굴을 가져갔다. 그가 말한 대로 펜슬로 꼼꼼하게 그린 눈썹이 지워졌고 예쁘게 만 머리는 엉망진창으로 헝클어져 있었다.

"뭐야, 난 몰라……."

다다토키는 몇 번이고 내 얼굴을 들여다보며 킥킥대고 웃었다. 창피했지만 문득 그가 이렇게 웃는 모습을 보는 건 처음이라는 사실을 깨닫고 아무럼 어떠냐는 생각이 들었다.

"너 말이야."

한바탕 시원하게 웃은 후 다다토키가 말했다.

"내가 한 노랑머리랑 피어싱 안 어울린다고 했는데, 너도 마찬가지야."

"응?"

"화장 안 한 게 훨씬 나아."

태어나서 처음 듣는 말에 몸이 확 달아올랐다. 그도 말하고 나서 쑥스러워졌는지 얼른 덮개를 내리고 눈을 가렸다.

"갈게."

퉁명스럽게 한 손을 들어 올리고 그는 오토바이를 출발시켰다.

스피드가 빨라지면서 높아지는 소리와 박자를 맞추듯이 내 몸에 여전히 남은 진동의 여운이 아픔을 가해 숨이 막혔다.

어둠 속에 녹아가는 후미등을 배웅하면서 나는 그를 좋아하게 되었다는 사실을 깨달았다.

다다토키와 나는 그로부터 얼마 지나지 않아 사귀게 되었다.

"우리는 다리 같은 사이야. 다리."

어느 날 다다토키가 그런 말을 했다.

"다리? 다리라면 브릿지(bridge) 말이야? 아, 떨어진 섬이지만 다리로 이어져 있다는 뜻이지?"

"아냐."

"아, 알겠어. 그럼 서로 반드시 중간에 만나게 되어 있다는 뜻이지? 왠지 로맨틱하네."

"그게 아니라니까. 젓가락(일본어로 '하시'는 다리와 젓가락, 두 가지 뜻을 가지고 있다-옮긴이)을 말하는 거야. 음식을 집을 때 쓰는 젓가락."

"어머, 왜?"

"떨어져 있을 때는 무의미하잖아. 한 짝이 모여야 존재하는 의미가 있다고 할까."

"그 비유, 로맨틱하다고 하기엔 애매하네."

그렇게 말하고 나는 웃었다.

하지만 실제로 우리는 둘이 함께하고서야 마침내 삶을 살아가는 느낌이었다. 둘이 모여 처음으로 인생을 향해 손을 뻗어 혼자서는 절대 잡을 수 없는 무언가를 잡을 수 있었다. 한쪽이 빠지면 무의미했다.

그래서 늘 곁에 있었다. 함께 살고 싶었지만, 둘 다 숙식 제공을 받아야 했기에 불가능했다. 집을 구할 만큼의 경제력은 없었다.

"나, 대기업에 취직할 거야."

어느 날 그가 말했다.

"왜? 정비사가 되고 싶었잖아?"

"그러려고 했는데 오토바이는 취미로만 삼으려고."

"그렇게 좋아하면서."

"우리 가게에선 정직원이 되기 힘드니까."

"그래도……."

"사키코를 호강시켜주고 싶어."

그는 내 손을 잡았다. 내 손은 세제와 소독약으로 거칠어져 있어서 손가락을 쭉 펴면 피가 나올 정도로 부르터 있었다.

오토바이를 타고 있을 때, 만지고 있을 때, 다다토키는 늘 행복해 보였다. 기름 범벅인 채 정비하는 그는 오토바이를 사랑스럽다는 듯이 바라보았고 마치 여자를 대하듯이 다정하게 어루만졌다. 가끔은 은근히 질투마저 느낄 정도였다.

오토바이는 그가 살아가는 이유였다. 그러나 그는 나를 위해 포기했다.

졸업을 앞둔 그는 머리를 까맣게 염색하고 구직 활동을 시작했다. 아무리 그래도 정직원이 되기는 힘들지 않을까 싶었지만 다다토키는 졸업 전에 취업에 성공했다. 게다가 대기업 제약 회사였다.

"때마침 직원을 뽑더라고. 영업이래. MR이라고 하나 봐. 멋있게 들리지?"

다다토키는 환하게 웃었다.

그가 입사하자마자 아파트를 구했고 나는 일을 그만두고 함께 살기 시작했다. 그리고 둘이서 사진관에 가서 웨딩드레스와 턱시도를 빌려서 조촐하게 결혼사진을 찍었다. 다다토키가 가와사키 성을 쓰기로 했다. "넌 성이 이미 한 번 바뀌었으니 이번엔 내가 바꿀게"라고 말했지만, 오토바이 상호명과 같아서 마음에 들었던 게 아닌가 싶다.

입사하고 나서 그는 부지런히 일했다. 약품 이름, 성분, 효능을 공부하고 외우고 발품을 팔아 여러 병원을 드나들었으며 잔업도 마다하지 않았다. 고졸인 자신을 채용해 줬다며 사내 인간관계도 소중히 여겨서 명절 선물도 빠뜨리지 않았다. 상사가 "우리 애는 공부에 영 소질이 없어"라고 우는소리를 하면 전 과목을 요점 정리한 노트를 만들어 갖다 바치기도 했다.

"자네 일 처리 방식은 올드해. 우리 때는 자네 같은 사람을 '기업 전사'라고 불렀어"라고 웃음을 살 정도였다.

하지만 그 덕분인지 그는 신약 개발 책임자로 발탁되었

고 월급이 올랐다. 신축은 아니었지만, 큰맘 먹고 아파트를 장만했다.

그렇게 열과 성을 다해 살아왔는데…….

형사는 다다토키가 반년 전에 퇴직했다고 전해 주었다. 내가 아이를 유산하고 우울증에 걸렸던 시기와 겹친다. 그래서 다다토키는 나에게 그 사실을 알리지 않고 혼자서 끙끙대다 나 몰래 어떻게든 해 보려고 했을지도 모른다.

흠칫하고 다다토키의 의료보험 계약 현황을 온라인 페이지에 접속해서 알아보았다. 예상대로 모두 해약되어 있었다.

이렇게까지 궁지에 몰려 있었단 말인가.

다다토키만 살아 있어 준다면 아파트를 팔고 가난한 생활로 돌아가도 되는데.

정작 중요한 순간에 나는 그의 버팀목이 되어 주지 못했다. 자신이 한심하게 느껴져서 자책하며 넓은 거실에서 오열했다.

灼熱
///////////////

5

스마트폰 착신음이 들려 의식이 과거에서 현재로 돌아왔다.

나는 다급히 맑으면서도 나른한 피아노 음을 좇아 폰을 찾았다. 〈짐노페디〉, 히데오에게서 온 전화였다.

착신음을 설정한 것은 처음이었다. 지금까지는 집 전화도 휴대전화도 초기에 설정된 멜로디를 썼다. 하지만 다다토키가 죽었다는 연락을 받은 이후 벨 소리를 들으면 몸이 움츠러들었다. 그래서 지금은 히데오를 〈짐노페디〉로, 그외에 나머지 사람들은 모두 아기 새소리로 설정했다.

〈짐노페디〉를 선택한 것은 다다토키가 피아노로 유일하게 연주할 수 있는 곡이었기 때문이다. 이 곡을 들을 때마다 장난삼아 들어간 악기점의 피아노를 어설픈 손놀림으로 연주하던 그가 생각난다.

쿠션에 깔려 있던 스마트폰을 겨우 찾아내 통화 버튼을

눌렀다.

—여보세요? 에리, 갑자기 전화해서 미안. 바빴어?

추억 속에서 마음은 이미 완전히 사키코로 돌아가 있었다. 에리라는 이름에 반응이 더뎠다. 맞다, 나는 에리였지, 하고 자신을 타일렀다.

"안 바빠. 무슨 일 있어?"

—저기 말이야, 겐 씨가 투석받는 시간이 좀 당겨졌어. 그래서 6시에는 퇴근할 것 같아.

"알겠어. 그럼 저녁, 집에서 먹는 거지? 뭐가 좋아?"

—에리가 만든 건 뭐든 맛있어. 아무거나 좋아.

"그럼 점심에 뭘 먹을지 알려줘."

—날이 더우니 튀김 메밀국수를 먹을까 싶은데?

"알겠어. 그럼 튀김은 피할게."

—그냥 대충 차려도 돼. 오늘은 날이 푹푹 찌니 나가지 말고 집에 있어. 그럼 나중에 봐.

"응, 기다릴게."

통화 종료 버튼을 눌러 전화를 끊었다.

냉장고를 열어 보니 요리 재료랄 게 없었다. 오늘은 하루 종일 여유롭게 집을 뒤지려고 했는데 저녁 준비를 하게 되었으니 장을 보러 가야 했다. 무심코 한숨이 새어 나왔다.

집 근처에 마트가 있었지만, 월요일인 오늘은 멀리 있는 마트에서 3,000엔 이상 장을 보면 선착순 200명에 한해 달걀 한 팩을 10엔에 살 수 있다. 시계를 보니 10시 무렵이었다. 지금 서두르면 시간 안에 도착할 수 있을 듯하다.

나는 바깥으로 끄집어낸 통장을 원래대로 서랍에 넣었다. 그리고 화장을 살짝 손보고 밖으로 나갔다.

쨍쨍 내리쬐는 태양. 햇볕이 살갗을 물어뜯는 듯했다. 양산을 쓰고 모자를 썼는데도 나른한 열기가 온몸을 감쌌다.

20분 정도 걸어 마침내 마트에 도착했다. 안으로 들어서자 서늘한 냉기가 몸을 휘감아서 정신이 확 들었다. 입구 근처에 여러 할인 상품이 진열되어 있었지만, 우선 달걀부터 찾아야 했다. 나는 땀이 가시지 않은 몸으로 매장 안으로 서둘러 들어갔다.

달걀 선반은 여러 개로 나눠져 있고 유기농 달걀이나 대기업 제품 옆에 '월요일은 달걀의 날! 3,000엔 이상 구입하시면 한 팩을 10엔에 드립니다! 선착순 200분, 한 사람당 한 개 한정'이라는 패널이 달린 선반이 있었다. 하지만 이미 선반은 썰렁했고 몇 팩밖에 남아 있지 않았다. 나는 서둘러 하나를 장바구니에 넣었다. 그러고 나서 고기, 야채,

냉동식품 구역을 지나 할인 스티커가 붙어 있는 것, 즉 며칠 전부터 팔다 남은 상품이 없는지 둘러보았다.

나는 전업주부라서 생활비는 당연히 히데오가 전적으로 책임지고 있었다. 같이 살기 시작한 지 얼마 되지 않아서 히데오의 경제관념을 모른다. 하지만 사귈 때 한 번도 나에게 돈을 내게 한 적이 없기 때문에 아마 가계부까지 일일이 확인하는 타입은 아닐 거라 짐작하고 있다. 더구나 신혼 생활을 시작하면서 함께 사용할 침구류나 그릇 등을 고르러 갔을 때도 뭐든 마음에 드는 걸 사라고 흔쾌히 허락해 주었다.

사건이 일어난 후 히데오는 일하던 시립 병원에서 해고당해 지금은 방문 진료만 하고 있다. 매달 얼마나 버는지는 모르지만, 의사인 건 다름없으니 어느 정도 경제적 여유는 있을 테다.

그래서 식비도 그렇게 졸라맬 필요가 없을지도 모른다. 더구나 이렇게 달걀 한 팩을 사기 위해 20분씩 걷거나 할인 스티커가 붙은 식품을 찾을 필요는 없을 테다.

하지만 결혼하고 나서 돈에 깐깐해지는 남자도 있다. 가계부까지는 체크 안 하더라도 식비가 불어나면 싫은 소리를 들을지도 모른다. 연인일 때와 부부일 때는 여자도 남자도 돈에 대한 입장이 달라지는 법이다.

히데오가 어떤 타입의 남편이 될지 아직은 모른다. 히데오가 내가 어떻게 돈을 사용하는지 지켜보고 있을 가능성도 있다. 그래서 지금은 가능한 한 식비를 아끼도록 심혈을 기울이고 있다. 결혼 생활을 지속하려면 히데오에게 조신한 현모양처로 보여야 한다.

조금이라도 유통기한이 긴 우유를 고르기 위해 선반 안에 있는 우유를 꺼내려다 누군가와 몸이 부딪혔다. 돌아보자 세 살쯤 되어 보이는 여자아이가 꺄아꺄아 소리를 지르며 달려갔다.

"죄송해요."

아이 엄마가 고개를 숙이며 허둥지둥 쫓아갔다. 여자아이는 엄마의 손을 빠져나가 다시 이쪽으로 돌아왔다. 아이는 함박웃음을 지으며 양팔을 펼치고 나를 향해 돌진했다.

나도 반사적으로 아이를 향해 양팔을 펼쳤다. 안아주고 싶었다. 아이의 미소에 덩달아 나도 무심코 미소 짓고 말았다.

하지만 아이는 내 옆을 휑하니 스쳐 지나갔다.

"아빠!"

아이가 뛰어든 곳은 내 뒤에 있던 아빠로 보이는 남자의 품속이었다.

그가 사랑스럽다는 듯이 아이를 끌어안자 아이는 간지러운 듯이 소리를 냈다. 아이 엄마가 "뛰면 안 된다고 했잖아"라고 나무라며 돌아왔고 세 사람은 다시 장을 보기 시작했다.

품에 안긴 여자아이는 아빠 목을 꼬옥 끌어안고 있다가 나와 눈이 마주치자 자그마한 손으로 바이바이를 했다.

행복해 보이는 세 사람의 모습을 보고 나는 그 자리에서 꼼짝도 할 수 없었다. 나는 여자아이를 유산했다. 지금 보는 부모와 자녀는 내가 손에 넣지 못한 가족 그 자체였다.

둘러보니 이와 비슷해 보이는 가족들이 여기저기에 있었다. 대부분의 사람들이 애쓰지 않고 손에 넣는 평범한 행복. 마트처럼 일상적인 장소가 나에게는 아찔할 만큼 눈부셨다.

장바구니를 한 손에 든 채 마트 안에서 다다토키와 나와 딸아이의 환영을 계속해서 찾아 헤맸다.

계산대에서 계산을 마치고 받침대에서 식품을 봉투에 담고 있었다.

받침대에서는 계산대 근처 선반에서 담배, 껌, 건전지

등을 손쉽게 살 수 있도록 진열된 모습이 잘 보였다. 이어서 쭉 진열된 주간지의 헤드라인에 자극적인 빨간색과 핑크색의 화려한 글자가 눈에 띄었지만 나는 애써 시선을 돌렸다.

1년 반 전에 헤드라인을 장식했던 것은 다다토키와 나였다.

'아내도 알고 있었을까? 은밀한 공범설'

'남편은 죄가 없다! 아내의 어처구니없는 주장'

다시 떠올려도 불쾌한 기억뿐이었다.

취재진이 우리 집을 습격한 다음 날 그런 자극적인 헤드라인이 주간지 표지를 장식했다. 검은 막대기로 눈은 가려져 있었지만 내 사진도 실렸다.

그 사진은 이렇게 훌쩍거리고만 있을 수 없다고 온 힘을 쥐어짜 옷을 단정하게 갈아입고 화장을 한 날에 찍힌 것으로 '남편이 죽은 지 불과 며칠 지나지 않았는데 아내는 화려한 옷과 화장으로 치장하고 있었다. 자택에는 현관까지 명품이 차고 넘쳤고 그 안에서 표독스러운 표정을 짓고 있던 아내는 "여기서 무슨 짓이죠? 왜 남편을 몰아세우죠? 범인을 추궁하세요!"라고 신경질적으로 소리를 빽빽 질렀다'라는 악의가 넘치는 글을 곁들이고 있었다. 어쩌다 현관 매트와 실내 슬리퍼가 생 로랑 무늬였던 것이 '현관에까지 명품이 차고 넘치는' 걸로 둔갑할 줄이야.

분명 이건 내가 한 말이 맞지만, 그 말을 꺼내게 만든 배경은 어디에도 쓰여 있지 않았다. 이건 마치 이유도 없이 일방적으로 상대를 악당으로 몰아가는 악마들 같았다. 그때 내가 어떤 심정으로 화장을 하고 옷을 입었는지 아무도 이해해 주지 않았다.

다다토키가 소년분류심사원에 있었다는 사실도 발각되었다. '전과를 숨기고 대기업에 숨어들다니 악질이 따로 없다'고 지탄받았지만, 미성년자였던 다다토키에게는 전과가 없었고 소년분류심사원에 들어갔던 건 이력서 특이 사항에 적지 않아도 되며 굳이 밝힐 필요가 없다는 입소 중에 들었던 충고를 따랐을 뿐이었다. 다다토키가 만약 '과거에 저지른 사건이 있는지' 질문을 받았다면 분명 있다고 허심탄회하게 답했을 것이다.

하지만 소년분류심사원이라는 말에 대한 세간의 거부 반응은 엄청났다. 강도나 성폭행, 살인 등의 중범죄를 저지른 소년들과 동급으로 취급받아 거센 비난을 받았다.

그렇게 시끌벅적한 와중에 남편의 시신을 화장하는데

취재진이 물밀듯이 몰려왔다.

사건이 일어난 지 7일 후 경찰이 시신을 돌려주었고, 이틀 후 절차를 밟아 화장을 할 수 있게 되었다. 장례를 치를 생각도 없었고, 화장하는 날도 장소도 아무에게도 말하지 않았다. 하지만 당일 집에서 나설 때부터 화장터 입구까지 플래시 세례가 나를 집요하게 따라다녔다.

화장터에는 역시 들어올 수 없었는지 남편이 화장되는 동안 나는 마침내 혼자 남게 되었다. 화장이 끝나고 쓰러질 것 같은 몸을 간신히 추스르며 뼈를 유골함에 담아 밖으로 나오자 또다시 기자가 나에게 마이크를 들이댔다.

온갖 질문이 날아왔지만, 나는 입을 꾹 다물고 택시를 타려고 했다.

"남편분의 과거 행적이 비난받고 있는데 그에 대해서는 어떻게 생각하십니까?"

오직 그 질문만이 어째서인지 귀에 꽂혔다.

입을 열지 않겠다고 다짐했는데 반사적으로 나는 기자들 쪽으로 돌아서 있었다. 이 말만큼은 반드시 해야겠다고 생각했기 때문이다.

"남편이 과거에 죄를 저지른 건 맞습니다. 하지만 사람을 살해하거나 강간한 건 아닙니다. 그런 사람들은 소년원에 있습니다. 남편의 죄는 가벼웠기 때문에 소년분류심사원에 있었습니다. '과거'는 존재하지만, 전과는 없으며 의도적으로 감춘 것도 아닙니다. 이 점은 모쪼록 이해해 주셨으면 합니다. 부탁드립니다."

나는 고개를 깊이 조아리고 이어지는 질문에는 답하지 않고 택시에 타 그 자리를 떠났다. 조금이라도 내 마음이 전해지길 바라면서.

그런데 며칠 후 내 발언은 '보이스피싱이 가벼운 사기라니! 역시 부인도 비상식적인 인간이었다'로 주간지의 헤드라인을 장식했다. 나는 내 말주변이 부족했기 때문이라며 후회했다. 분명 '죄가 가볍다'고 말한 것은 실수였고 내가 어리석었다.

이 사건 이후 나는 이해받기를 포기하고 입을 열지 않기로 결심했다. 무슨 말을 하든 모든 게 악의로 비칠 테니 말이다.

지칠 대로 지친 나는 훈방이든 전과든 범죄는 범죄이며 다다토키가 저지른 짓은 세상에 용서받기 힘든 일이라며 진이 빠진 채 멍하니 받아들이기로 했다.

다다토키가 죽은 후에 안쓰러운 마음에 음식을 가져다주기도 했던 이웃도 나에게 일절 말을 걸지 않았다. 그것도 모자라 끝내 뉴스에서 "애초에 부부가 수상쩍긴 했어요"라고 증언하고 있었다. 얼굴은 나오지 않았고 목소리도 변조되어 있었지만, 옷차림으로 바로 알 수 있었다. 그래도 이전에 음식을 가져다 주신 감사의 뜻으로 과자를 가지고 깨끗하게 씻은 반찬통을 돌려주려 방문했지만, 상대해 주지 않았다.

구보카와치 히데오의 여동생, 아키코가 선천적 심장병을 앓고 있다는 사실은 뉴스를 통해 알았다.

주간지는 되도록 읽지 않도록 피해왔지만, 우연히 튼 텔레비전에서 사건과 다다토키, 그리고 내 신상 정보가 나오는 것을 본 적이 있다. 그때마다 다른 채널을 틀었지만, 이때는 무심코 유심히 보고 말았다.

조카뻘로 보이는 어린 여동생은 어릴 적부터 입원과 퇴원을 반복하느라 학교도 거의 다니지 못했지만 통신 교육으로 고등학교와 대학교를 각각 4년과 5년에 걸쳐 졸업한 노력파인 듯했다. 4년 전에 이식형 보조 인공 심장을 달고 난 후, 집에서 요양하며 이식 순서를 기다리고 있다고 했다.

다다토키가 어째서 인공 심장과 같은 생뚱맞은 사기를

쳤는지 그때 마침내 알았다.

형사가 보여준 팸플릿에는 보조 인공 심장이 가진 지금까지의 문제점이 적혀 있었고, 그에 따르면 절대 진짜 심장을 대신할 수 없으며 어디까지나 이식 전까지의 대용품에 지나지 않는다고 적혀 있었다. 한편 다다토키가 개발할 예정이던 인공 심장은 진짜 심장과 거의 같은 기능을 가지고 있으며 체내에 완벽하게 이식할 수 있으므로 일상생활을 하는 데 지장이 없는 데다 그 후에 다시 이식할 필요가 없다고 강조하고 있었다.

텔레비전에서는 해설가들이 "약점을 파고든 비열한 사기네요"라고 분개했다. 당연하지만 방송은 다다토키를 비난하는 방향으로 흘러갔다.

나는 다급히 텔레비전을 껐다. 하지만 히데오의 동생에 대한 생각은 가슴속 깊이 남아 있었다.

분명 히데오의 사정을 알게 된 다다토키가 존재하지도 않는 인공 심장 개발에 대한 투자 이야기를 꺼냈다면 너무 잔인하다. 만약 내가 타인이고 객관적으로 이 사실만 들었다면 즉시 나쁜 사람이라는 딱지를 붙였을 것이다. 질병이라는 약점을 이용해 고가의 물이나 식품을 강매하는 인간들을 나는 예전부터 저질이라고 생각했다.

하지만.

아무리 생각해도 뭔가 이상했다. 내가 아는 다다토키와 텔레비전이나 주간지에 등장하는 다다토키 사이에는 큰 괴리가 존재했다. 그에게 사기 전력이 있는 건 확실하다. 하지만 나쁜 사람은 아니다.

그렇지만 내가 아무리 위화감을 느끼더라도 여동생 사연으로 상황이 히데오에게 유리하게 돌아갈 거라 생각했다. 예상대로 세간에서는 갈수록 히데오를 동정했고 결국에는 '의사 구보카와치 히데오를 돕는 모임'까지 만들어졌다. 과거와 현재에 돌봐온 환자나 그 가족이 주체가 되어 결성된 듯했다.

"구보카와치 선생님은 누구보다 사람의 목숨을 귀하게 여기는 분입니다. 가령 어떤 사정이 있더라도 사람을 해칠 분은 아닙니다."

"선생님은 지진이 일어난 후에 피난처를 돌며 밤잠을 아껴가며 성치 않은 몸으로 봉사 진료를 하셨습니다. 수많은 목숨을 구한 은인입니다."

"저는 사고로 자동차에 깔렸습니다. 차는 크게 파손되어 기름이 샜고 언제 불이 나도 이상하지 않을 급박한 상황이었습니다. 그런데도 선생님은 위험을 무릅쓰고 구급차가 올 때까지 자그마한 틈 사이로 응급 처치를 해 주었습니다. 적절한 응급조치를 받지 않았더라면 과다 출혈로 죽었을지도 모른다고 이송된 병원에서 들었습니다. 제가 지금 살아 있는 건 선생님 덕분입니다. 구보카와치 선생님은 진정한 영웅입니다."

텔레비전 취재에 그들은 그렇게 열성적으로 답했다.

용의자인 히데오에게는 지지자가 있는데 나에게는 어느 누구 하나 편이 없었다.

고모에게서 딱 한 번 전화가 왔었지만 "나쁜 놈한테 속아 넘어가기나 하고"라며 나를 나무랐다. 그때 고모는 친척 중에 한 사람이 계속해서 괴롭힘을 당하고 있다는 사실을 알려주었다. 기자가 쳐들어오거나 욕설이 담긴 편지나 팩스가 온다고 했다. 민폐를 끼치고 있다는 사실에 진심으로 면목이 없었지만 "하지만 남편도 저도 마냥 나쁜 것만은 아니에요"라고 거세게 주장하자 전화가 끊겼다. 그리고 두 번 다시 고모에게 전화가 걸려오지 않았다.

다다토키의 과거만으로는 부족했는지 내 과거까지도 입방아에 올랐다. 옛날 직장 사람들은 "아무하고도 말을 섞지 않는 별난 사람이었어요"라고 뉴스에서 하나같이 말했고, 학교에서 곧잘 어울리던 사람도 "늘 요상한 차림으로 등교해서 겉돌았어요. 두 사람이 사귀기 시작했을 때도 그럼 그렇지 싶었고요"라고 말했다. 나도 다다토키도 호의 적인 인상을 주지는 못한 듯했다.

다다토키를 잃고 나서 나는 새삼스럽게 이 세상에 정말 우리 둘뿐이었다는 사실을 깨달았다.

고립되어 점점 벼랑 끝으로 몰려가는 위태로운 상태에서도 유일하게 마음의 버팀목이 된 것은 한시라도 빨리 히데오를 유죄로 만들겠다는 다짐이었다.

세상 사람들이 어떻게 생각해도 개의치 않는다. 모두가 히데오의 편이 되어주든 다다토키를 비난하든 상관없다. 히데오가 다다토키의 목숨을 빼앗은 것은 사실이니까.

무지한 나는 체포되면 즉시 재판이 열리는 줄 알았지만, 형사의 말에 따르면 우선 기소 유무, 즉 사건으로 삼을지 말지를 판별한다고 했다.

히데오가 얼른 기소되어야 한다는 생각에 매일 열심히 기도를 하며 시간을 보냈다. 하지만 매스컴이나 세상으로부터 질타가 집요하게 이어지는 가운데 경찰은 연락을 주지 않았다. 사건이 얼마나 진척되었는지 물으려 형사 요시오카에게 전화를 걸어보자 미심쩍은 대답이 돌아왔다.

─그게 실은 좀 이상한 방향으로 흘러가네요.

"이상한 방향이라뇨?"

—부인은 남편분이 사기를 저지르지 않았다고 지금도 믿고 계시지요?

"네. 착오가 아닐까 믿고 있어요."

—그게 말이죠……. 구보카와치도 그렇게 말하네요.

"…… 네?"

—남편분이 사기를 칠 만한 사람은 아니었다고요.

"뭐라고요? 그 말뜻은."

—네. 사기가 아니었다고 주장하네요.

침묵이 흘렀다.

"그럼 어떻게 되나요?"

—본인이 사기라고 생각하지 않는다면 동기는 성립하지 않아요.

"말도 안 돼요."

생각지도 못한 전개에 머릿속이 새하얘졌다.

"아마추어가 진행한 인공 심장 개발에 구보카와치는 사기가 아니라고 주장하는 건가요?"

—그렇습니다.

"그런데 그 사람은 의사잖아요? 의사가 그런 허술한 팸플릿을 보고 믿을 리가 없어요!"

―저희도 똑같은 의심을 했습니다. 그에 대해 추궁하니 팸플릿 말고도 남편분의 연구를 뒷받침할 만한 자료가 있었다고 하네요.

"분명 거짓말이에요!"

―그게 말이죠, 구보카와치가 자택에 경찰을 보내 찾아보라고 해서 알려준 장소를 수색했더니 자료가 담긴 USB가 발견되었습니다. 의학은 저희에게도 생소한 분야지만, 자료가 꽤 세밀했습니다. 현재 전문가에게 확인 절차를 밟고 있습니다. 의학적인 자료 말고도 개발비 내역이나 자금 흐름에 대한 예상도 기록되어 있었습니다.

말도 안 돼…… 그럴 리가 없어…….

"이제 와서 드리는 말씀이지만, 전 남편이 사기를 쳤을 거라 생각해요. 그런 팸플릿을 몇 종류나 만들어 돈을 끌어모은 걸 보아…… 남편에게 진정성이 있지는 않았을 거예요. 속이겠다는 전제로 작성한 게 분명해요. 형사님도 남편이 사기를 저질렀다는 사실은 부정하기 힘들다고 말씀하셨잖아요?"

―하지만 그건 객관적인 증거라고 할 수가…….

"하지만 남편과 구보카와치가 술집에서 말다툼을 벌인 장면을 목격한 사람이 있잖아요?"

—네. 그런데 실은 그 이후 조사에서 남편분이 인공 심장을 개발하는 데 힘에 부쳐 하니 구보카와치가 "이제 와서 중단하면 어쩌자는 거요. 모쪼록 힘써 주세요" 하고 질타와 격려를 한 것으로 밝혀졌어요. 술집 주인이나 근처에 있던 손님도 그렇게 들었다고 증언했고요.

망연자실해하다가 문득 결정적인 사실을 떠올렸다.

"그 사람 말고도 속은 사람이 있잖아요? 사기 피해 고발이 세 건이나 들어왔다고……."

—그게 말이죠…… 실은 세 사람 다 고소를 취하하려던 차였다고 하더군요.

"…… 네?"

—배당이 돌아오지 않아서 고발했는데 입금되었다고 하더군요. 원금도 같이 입금돼서 고소를 취하하려던 차에 남편분이 돌아가셔서 놀랐다고 합니다.

"하지만…… 하지만……."

패닉에 빠지려고 하는 나를 타이르듯이 요시오카가 이어서 말했다.

—사기는 친고죄가 아니니 우리 쪽에서 이 건에 대해 조사를 이어갈 예정입니다. 안심하세요. 다만 남편분을 사기꾼이라고 증언하는 사람은 지금으로서 아무도 없습니다.

그렇게 되면 본인이 부정하는 이상 구보카와치에 대한 사기 사건을 입증하는 건 어렵습니다.

"그럼 제가 증언할게요!"

나도 모르게 언성을 높이자 상대가 놀랐는지 수화기 건너편에서 말이 없었다.

"저 사실은 남편이 사기꾼이라는 거 알고 있었어요. 남편은 집에서 그 이야기를 무용담처럼 떠들어댔어요. 사람을 속이는 건 식은 죽 먹기라고. 속는 사람이 바보라고요. 웃으면서 다음 타깃은 의사인 구보카와치라고 했어요. 돈이 입금되자 그의 여동생의 병을 이용해 쉽게 속였다며 시시덕댔어요. 그렇게 증언하면 남편의 사기 사건을 입건할 수 있나요?"

ㅡ아니, 그게.

"정말이에요!"

ㅡ부인은 지금까지…….

"거짓말을 했어요."

ㅡ구보카와치를 몰랐고, 남편에게 그 사실을 들은 적도 없잖습니까?

"그러니까 그것도 거짓말이라고요. 남편을 감싸고 싶었어요. 부탁이에요, 증언하게 해 주세요."

보이지 않는다는 사실을 알면서도 나는 고개를 조아
렸다.

요시오카는 난처한 듯이 침묵했지만, 이윽고 말했다.

—알겠습니다. 그럼 한 번 더 자세히 이야기를 들려주세
요. 취조를 하도록 하겠습니다.

내가 외출하기를 매스컴이 밖에서 목이 빠져라 대기하
고 있었기 때문에 요시오카와 가마타가 오기로 했다.

두 사람이 오자마자 나는 바로 열심히 사기라는 사실을
뒷받침할 수 있을 만한 이야기를 지어냈다. 하지만 구체적
인 날짜나 정황에 대해 추궁받자 아무리 애써도 앞뒤가 맞
지 않아 난감해졌다.

"조금 피곤하네요. 커피라도 타서 올게요."

태연한 척 일어나 거실에서 이어지는 주방으로 갔다. 물
을 끓이는 동안 두 사람의 대화가 들렸다.

"음, 부인의 심정은 이해하지만, 신빙성이 낮은 것 같
네요."

"우리는 진실인지 아닌지 검증하는 사람이 아니야. 관
계자한테 정보를 듣고 조서로 정리하는 게 우리 일이지."

아니나 다를까 형사 두 사람도 내 이야기를 믿지 않는
듯했다. 지금까지 사기가 아니라는 사실을 납득시키려 했

는데 아이러니한 일이었다. 그렇게나 다다토키의 진정성을 알아달라고 애원했는데.

구보카와치를 나락으로 떨어뜨리기 위해서 다다토키도 나락으로 떨어뜨려야 한다고 생각하자 속상했다. 하지만 상대에게 죄를 물어야 한다.

"기다리셨죠? 천천히 드세요. 설탕이나 크림은 필요하지 않으세요?"

"아뇨. 이걸로 충분합니다."

커피를 타는 동안 마음을 다부지게 먹은 나는 과거에 남편이 소년분류심사원에 있었던 사실을 강조하며 그 무렵부터 시작된 불량한 인성이 바뀌지 않았다고까지 말했다. 내 안에 자리한 다다토키가, 그리고 다다토키와 공유해 온 추억이 더럽혀져 가는 것 같아 마음이 아팠다. 하지만 어쩔 수 없다고 자신을 타일러가며 단호하게 나갔다.

두 형사 앞에서 나는 다다토키가 얼마나 약아빠지고 사람을 속이는 데 타고났는지를 쉴 새 없이 말했다.

그 후 며칠 동안 형사에게 연락이 없었다.

문의를 해도 "수사 중인 사건의 정보는 말씀드릴 수 없습니다. 이쪽에서 드리는 연락을 기다려주세요"라는 말을 들었다. 기소했다는 보고를 조마조마한 마음으로 계속 기다렸다.

그사이에도 지지자들의 모임은 '영웅을 구하자!'라는 표제를 내걸고 전단지를 돌리고 서명을 받아 가며 활발하게 이어졌다. 사정이 어떠하든 살인은 무거운 죄이니, 편이 되기에 소극적이었던 사람들도 구보카와치가 사기라고 생각하지 않았던 점, 그리고 말다툼 내용도 그것을 뒷받침하여 무죄 가능성이 크다는 사실을 알게 되자 지지 모임을 거들었다.

그리고 사건이 일어난 지 20일 후.

형사에게 전화가 왔고 나는 기소가 되지 않았다는 사실을 알았다.

증거가 불충분하다는 점, 음주 상태였다는 점, 그리고 목격자 증언을 종합하면 살인이 아니라 사고라고 생각하는 편이 자연스럽다고 했다. "죄송합니다"라는 사과의 말이 수화기에서 들려왔지만, 내 귀에는 아무 말도 들리지 않았다.

언제 석방되는지 물었지만 가르쳐 주지 않았다. 내가 복수라도 하러 갈지 모른다고 염려해서일지도 몰랐다.

전화를 끊은 후 나는 멍하니 소파에 웅크린 채 다른 정보가 없는지 텔레비전을 계속해서 봤다. 몇 시간 후에 석방 뉴스가 나왔고 플래시 속에서 사라져 가는 히데오의 모습을 보았다. 분한 마음, 허무한 마음, 그리고 허탈한 마음이 지금도 똑똑히 되살아났다.

그래서.

그래서 나는—.

"어머, 선생님 부인 아니세요?"

퍼뜩 정신을 차리자 받침대 옆에 몸집이 아담한 노부인이 서 있었다.

"방문 진료를 받고 있는 시바타의 아내입니다. 저기, 먼젓번 날에 댁에 인사를 드리러 갔었어요."

노인 특유의 억양이 묻어나는 목소리로 말하고 여성은 고개를 천천히 숙였다. 그러고 보니 내가 히데오의 집에 이사를 마친 날 결혼 축하 선물을 가지고 온 사람이다.

"지금 때마침 선생님께서 저희 집에 와 계셔서 그사이에 장을 보러 나왔어요. 선생님께서 늘 정성을 다해 진료해 주셔서 남편도 저도 진심으로 감사드리고…… 어머, 부인, 괜찮으세요?"

여성은 시력이 나쁜지 알이 두꺼운 안경을 눈에 거의

갖다 대다시피 하며 내 얼굴을 올려다보았다. 주름이 자글자글한 눈꺼풀 안에 자리한 눈을 가물거리며 깜박이고 있었다.

"네?"

손을 갖다 대자 뺨이 젖어 있었다. 어느새 또 울고 있었구나.

"…… 다음에 또 뵙겠습니다."

나는 고개를 숙이고 봉투에 담은 재료를 끌어안고 도망치듯이 그 자리에서 사라졌다.

집까지 가는 길을 달렸다.

쨍쨍 내리쬐는 무더운 햇볕도 묵직한 짐의 무게도 이상하게 느껴지지 않았다. 숨을 헐떡이다 히데오와 사는 집이 보일 무렵 겨우 이성을 되찾았다.

이래선 안 된다.

마음을 독하게 먹어야지.

나는 기분을 전환하기 위해 심호흡을 크게 하고 당차게 집으로 들어왔다.

식재료를 냉장고에 차곡차곡 넣었다. 마트에서 넋을 놓고 있었던 시간이 길었어도 괜찮은 조미료나 냉동식품이 들어 있었다.

　마음을 달래기 위해 조금 손이 가는 요리를 하기로 했다. 닭 다리에 정성스럽게 칼집을 내고 파를 잘게 썰었다. 큼직한 생강을 갈아서 조리용 술, 소금, 간장을 섞어 양념을 만들어 손질한 닭 다리를 담갔다. 간을 하는 동안 감주를 만들었고 야채볶음의 재료가 될 배추와 부추를 썰었다.

　다 썰고 나서는 간이 다 된 닭 다리에서 수분을 짜냈다. 껍질을 밑으로 가게 해서 저온 기름에 천천히 튀기기 시작했을 때 현관이 열리는 소리가 났다.

　"오, 잠깐, 이게 뭐지? 먹음직스러운 냄새가 나는데?"

　활기찬 목소리가 복도를 성큼성큼 걸어온다 싶더니 히데오가 얼굴을 불쑥 내밀었다.

　"오늘도 힘들었지? 저녁은 중화요리야. 이건 유린기."

　"응?"

　"튀긴 닭에 감주를 뿌려 먹는 요리야. 먹은 적 있지?"

　"아아, 그거였어? 나 그거 좋아해."

　"그리고 야채볶음이랑 달걀수프."

　"얼른 먹고 싶네. 아, 그런데."

　"말 안 해도 알아. 물론 볶음밥도 만들 거야."

　"만세!"

늘 제 나이보다 차분한 히데오가 모처럼 신난 듯이 브이 포즈를 취했다.

"시간이 좀 걸리니까 샤워부터 해."

"그럴게. 여보 고마워. 아, 너무 기대되네."

콧노래를 흥얼거리며 히데오는 욕실로 갔다. 샤워하는 소리가 들렸다. 나는 닭을 뒤집은 다음 기름 온도를 살짝 높여 더욱 익혀나갔다.

그사이에 볶음밥도 만들려고 냉장고를 열었다. 근사한 은색 냉장고. 거울로 된 표면에 내 얼굴이 비쳤다.

주간지에 실려 있던 무렵의 얼굴과 달랐다.

그렇다. 사키코의 얼굴은 버렸다.

이건 새 얼굴이다.

사토 에리의 얼굴.

냉장고를 닫고 눈앞을 스치는 과거 자신의 얼굴을 떨쳐내듯이 중화요리용 냄비를 흔들었다. 요리에 집중하자 생각을 비울 수 있었고, 모든 메뉴가 완성되었을 때 히데오가 돌아왔다.

"와아, 이거 분명 팔아도 될 거야."

샤워를 마친 얼굴을 수건으로 닦으며 식탁에 앉았다.

"허풍쟁이라니까."

아직 국을 뜨고 있는 나를 히데오는 가만히 기다리고 있었다. 어릴 적에 반듯한 교육을 받은 듯하다.

국을 식탁에 나란히 놓자 "잘 먹겠습니다"라고 손을 모으고 나서 히데오가 젓가락을 집어 들었다. 그리고 허겁지겁 먹으며 만족스럽다는 듯이 입에서 김을 푹푹 내뿜었다.

"와, 이거 장난 아닌데? 아, 이것도 완전 죽여줘."

천성인지 아니면 늘 어르신을 상대해서인지 말과 행동에 약간 노티가 묻어나 절대 젊은 사람 같은 말투를 쓰지 않는데, 오늘은 무슨 바람이 불어서인지 쾌활해 보였다.

"나는 중화요리가 제일 좋아."

히데오가 쑥스러운 듯이 변명을 했다.

"많이 먹어. 볶음밥 더 줄까?"

"응, 더 줘."

접시에 덜어서 건네자 그는 또다시 미소를 환히 지으며 먹었다.

"아, 역시 맛있어. 나는 지금까지 내가 만든 요리도 괜찮다 생각해왔는데, 역시 남이 차려주는 상은 각별하네. 게다가 요리 솜씨에 자신 있는 편이었는데 에리가 만든 요리를 먹으니 찍소리도 못하겠는걸."

"아냐. 남자가 만드는 요리는 어설프긴 해도 그래서 맛있기도 해."

"음, 볶음밥이나 볶음면은 어설프게나마 맛있게 만들
수 있는데 유린기처럼 손이 많이 가는 음식은 못 만들어."

"가르쳐 줄까?"

"아냐. 나는 이제 요리에서 은퇴했어."

그런 대화를 나누면서 히데오는 순식간에 요리를 먹어
치웠다.

"아, 미안. 내가 다 먹었네."

"나는 만들면서 맛보느라 먹었으니까 괜찮아. 차 마실
래? 우롱차 잎을 사 왔는데."

"와, 에리는 어떻게 그렇게 완벽해? 역시 중화요리에는
중국차가 제격이지."

"당신은 술을 안 하니까 차에 관심이 있지 않을까 싶었
거든."

찻주전자에 찻잎과 뜨거운 물을 넣고 잠시 우려냈다.

"있잖아, 우롱차는 정말 지방을 분해해줘? 중국에는 그
래서 뚱뚱한 사람이 적다고 하던데."

"분해하는 건 아냐."

"뭐야, 그럼 와전된 이야기네?"

"아니, 그것도 아니야. 음, 우선, 지방은 십이지장에서 담

즙이랑 섞여 유화되거든. 그 후에 췌장에서 나온 리파아제라는 효소에 가수 분해되어 체내에 흡수돼. 우롱차는 녹차나 홍차와 다르게 차 발효를 중간에 멈춘 중발효차인데, 그 과정에서 생기는 게 우롱차 중합 폴리페놀이라는 성분이야. 아, 우롱차 특유의 검은 색소 말이지. 이 폴리페놀이 리파아제의 활동을 억제하는 메커니즘으로 되어 있어."

눈을 동그랗게 뜨고 있는 나를 보고 히데오는 쓴웃음을 지었다.

"미안. 지금 한 말은 잊어버려. 그러니까 우롱차에는 지방을 분해하는 성분이 들어 있는 게 아니라 흡수를 방해한다는 거지."

"알겠어."

짜증 난다. 이 사람은 분위기 파악을 못한다. 표정에 짜증이 묻어났는지 히데오가 갈수록 미안한 표정을 지었다.

"아, 미안, 난 왜 이러는 걸까. 에리가 듣고 싶었던 건 이게 아닌데."

"아, 괜찮아. 정말 살이 빠지는지 안 빠지는지 알고 싶었을 뿐이야. 여자한테는 중요한 문제니까. 좋았어, 그럼 오늘은 실컷 마셔야지."

짜증을 감추듯이 일부러 명랑하게 말했다.

찻잎이 퍼져서 감미로운 향기가 나자 찻잔에 따랐다. 호
호 불어 차를 식히고 입에 살짝 머금었다.

"역시 페트병 차랑은 천지 차이네."

"지금 지방 흡수가 억제되고 있으려나."

"아하하, 아직 일러."

한바탕 웃고 나서 태연한 느낌으로 "저기 말이야" 하고
히데오가 말을 꺼냈다.

"…… 오늘 마트에서 울었다던데 정말이야?"

"응?"

간이 철렁 내려앉았지만 시치미를 떼며 차를 홀짝였다.

"시바타 부인이 말씀해 주셨어. 신혼 생활이 행복한지
걱정하시더라고."

집에 오고 나서부터 평소와 다르게 쾌활했던 것은 이 일
이 신경 쓰였기 때문일지도 모른다. 계속 타이밍을 재다
겨우 이야기를 꺼낸 것이다.

"설마. 잘못 보신 거 아냐?"

"그래? 그런데 도망치다시피 자리를 떴다며?"

"냉장고에 들어갈 식품이 있어서 상할까 봐 걱정했거
든. 별다른 뜻은 없어."

"그래?" 히데오가 내심 안도하는 표정을 지었다. "그럼

다행이고."

"애초에 마트에서 우는 사람이 어디 있어? 그 부인 안경 쓰고 계신데도 실눈을 뜨고 계셨어. 도수가 안 맞는 것 같던데?"

"응, 백내장이 진행돼서 거의 안 보이시는 것 같더라고. 아, 그런가. 그럼 잘못 봤을지도 모르겠네. 아, 안심이다. 혹시 에리가 나랑 결혼해서 후회하나 싶어 조마조마했어."

"별소릴 다 하네. 후회를 왜 해?"

"그야 나는……."

"됐어."

그다음 말이 듣고 싶지 않아서 가로막았다.

—그야 나는 살인 용의자였으니까.

히데오는 결혼 전에 몇 번이나 그 말로 에리의 프러포즈를 거절했다. 그리고 에리는 이렇게 대답했다. "당신은 사람을 죽이지 않았어. 나는 알아. 그러니 함께하고 싶어. 당신의 버팀목이 되어 주고 싶어"라고.

진심이 담겨 있지 않았지만 그런 말을 하는 것만으로도 거북했다. 하지만 그때는 결혼을 해야 했기에 필사적이었다. 지금은 설령 거짓말이라도 그런 소리를 하고 싶지 않다. 그래서 듣고 싶지 않았다.

"히데오랑 결혼한 거 어쨌든 난 후회 안 해. 알겠지?"

이건 진심이었다.

"알겠어."

히데오는 안경을 들어 올려 눈가에 맺힌 눈물을 닦아 냈다.

"여보, 고마워."

울고 싶은 건 오히려 나거든? 히데오의 얼굴을 쳐다보며 싸늘한 생각을 했다.

"정말 맛있었어. 잘 먹었어. 설거지는 내가 할게."

"괜찮아. 그냥 둬."

"그래도 이렇게 맛있는 걸 차려 줬잖아."

"아니 됐다니까. 그게 더 성가셔."

무심코 싸늘하게 말해 스스로도 흠칫 놀랐다. 사랑하는 척해도 어쩌다 사소한 점에서 본심이 드러난다. 신혼부부들이 나누는 이런 알콩달콩한 대화를 성가시게 여기고 있다는 걸 들켜서는 안 된다. 살짝 놀란 히데오를 보고 나는 다급히 상황을 수습했다.

"당신은 피곤하잖아. 그러니까 쉬어."

"그럴까? 미안하지만 부탁할게."

히데오는 미소를 짓고 또다시 차를 홀짝였다. 안경에 김이 서렸다.

"그런데 이건 아부가 아니라 오늘 먹은 유린기는 지금까지 먹은 것 중에 제일 맛있었어."

"원랜 더 맛있게 만드는 방법이 있어. 오늘처럼 닭 다리만 쓰지 말고 닭을 통째로 중화요리용 냄비에 넣고 기름을 여러 번 부어 노릇노릇하게 익히면 돼."

"통째로란 말이지? 일반 가정집에서는 만들기 어렵겠네."

"그렇지도 않아. 나, 닭이라면 통째로 요리할 수 있어. 토막도 낼 수 있고."

"그래? 대단하네."

"노하우를 익히면 별로 안 어려워. 식당에서 일할 때 늘 해왔으니까."

"응? 식당?"

아차.

"당신 식당에서 일한 적 있어? 사무직만 해왔다고 했잖아?"

히데오에게는 진짜 에리가 살아온 인생을 말해 주었다. 여대를 졸업한 후 아담한 회사에 사무직으로 일해 온 과거를 말이다.

"아, 잠시 아르바이트한 적이 있거든."

"아르바이트생이 닭을 토막 내기도 해? 대단하네."

"…… 그러게."

"에리가 요리 솜씨가 좋은 이유를 드디어 알겠네. 요리로 돈을 번 프로였구나."

사키코의 과거를 조금이라도 드러내고 만 것을 후회하며 말을 돌렸다.

"그러고 보니 방문 진료처 전화번호 지금 등록할까?"

방문 진료처에는 전파의 영향을 받는 의료기기도 있기 때문에 히데오는 휴대전화 전원을 꺼 놓을 때가 많다. 그래서 긴급 시 연락이 닿을 수 있도록 방문하는 곳 집 전화번호를 에리의 휴대전화에도 등록해 놓자는 이야기가 어제 나왔다.

"아, 그러자."

히데오가 트레이닝복 주머니에서 스마트폰을 꺼냈다.

"내가 불러줄까? 아니면 등록해 줄까?"

"잠깐만. 폰이 안 보이네. 어디에 뒀더라. 으음, 마트에 다녀와서 봉지랑 가방을 여기에 놓고……."

있을 거라 생각했던 가방 안에 보이지 않았다. 부엌 선반과 소파 위를 찾아보았지만 없었다.

"내가 걸어볼까?"

"응."

히데오가 스마트폰으로 전화를 걸자 피아노 멜로디가 들렸다.

"어머, 이런 곳에 있었네."

밥솥 위에서 스마트폰이 진동했다. 통화 종료 버튼을 누르자 멜로디가 뚝 끊어졌다.

"아, 내 착신음은 그거였구나. 그거 유명한 곡이지? 제목이 뭐더라?"

"〈짐노페디〉."

"감미로운 곡이지. 너무 로맨틱해. 나 같은 투박한 남자한테는 안 어울리는데 왜 그 곡으로 해놨어?"

"제일 좋아하는 곡이거든."

나는 미소 지었다.

"이 곡, 내가 세상에서 제일 좋아하는 곡이야. 그리고 들을 때마다 세상에서 제일 좋아하는 사람을 떠올리고 싶으니까."

"그래? 너무 기쁜걸?"

아무것도 모르는 히데오는 김으로 달아오른 뺨을 태평스럽게 누그러뜨렸다.

灼熱

6

히데오의 입술이 내 뺨을, 목덜미를, 어깨를 훑었다. 민달팽이가 기어 내려오는 것처럼 역겨웠다. 마침내 그가 내 젖꼭지에 입맞춤한 순간 온몸에 소름이 돋았다.

얼른 끝났으면 좋겠다.

매번 오로지 그것만 바란다.

히데오의 손가락이 내 다리 사이에 미끄러져 들어왔다. 나를 흥분시키려고 하는지 히데오는 늘 꼼꼼하게 애무했다. 하지만 나는 그게 참을 수 없이 역겨웠다.

찝찝한 땀을 흘렸다.

"얼른 들어와."

나는 속삭였다.

"응? 벌써?"

"응, 더 이상 못 참겠어."

히데오는 조금 기쁜 듯이 눈을 가늘게 뜨고 내 안으로

들어왔다. 단순한 점막과 피부의 접촉. 이따위는 대수롭지
않다. 입 안에 손가락이 들어와 있는 거나 다름없다고 자
신을 타일렀다. 내 얼굴 옆에 히데오의 머리통이 있다는
사실이 짜증이 났다. 히데오가 움직일 때마다 그의 머리카
락이 내 뺨을 까슬까슬하게 문질렀기 때문에 나는 목을 쭉
빼고 고개를 돌렸다.

"여보, 기분 좋아?"

목을 뻗자 내가 흥분해 몸을 젖힌 걸로 이해한 듯했다.

"응, 너무 좋아."

나는 헐떡이면서 그의 허리에 다리를 휘감았다. 그가 신
음 소리를 내며 속도에 박차를 가했다. 나는 더 크게 헐떡
이며 허리를 배배 꼬았다.

얼른 끝내.

부탁이니 내 안에서 얼른 나가줘.

오로지 그 생각만 했다.

히데오가 나지막하게 신음하다 움직이던 몸을 멈추었다.

아, 드디어 끝났구나.

한시름 놓고 무심코 미소 짓고 말았다.

"그렇게 좋았어?"

내 미소에 남자로서의 자신감이 피어올랐는지 쑥스러

위하면서도 자랑스럽게 히데오가 물었다.

"응, 엄청 좋았어."

그렇게 대답하자 히데오가 나를 끌어안고 키스했다. 히데오의 땀이 살에 들러붙었다. 아 정말 짜증 나.

"땀이 너무 나네. 샤워해야겠어."

나도, 하고 따라오려는 히데오에게 "느긋하게 샤워하고 싶어"라고 거절하고 얼른 혼자서 욕실로 갔다.

욕실 문을 닫고 홀로 있게 되자 무기력감이 한꺼번에 덮쳐왔다. 뜨거운 물을 머리부터 뒤집어쓰고 보디 샴푸를 가득 짜서 거품을 내 온몸을 문질렀다. 히데오에게 안긴 후에는 오물을 뒤집어쓴 기분이 든다. 눈곱만큼도 남기지 말고 히데오의 흔적을 씻어내고 싶었다.

뜨거운 물에 섞여 끈적한 액체가 허벅지를 타고 흘러내렸다. 정액이었다. 나는 다급히 씻어내고 허벅지를 벅벅 문질렀다.

샤워 후에는 역시 치약을 듬뿍 짜서 이를 닦았다. 가글도 철저하게 한다.

침실로 돌아가자 히데오는 이미 잠옷을 입고 숨소리를 내며 자고 있었다. 나는 가만히 침대에 걸터앉아 협탁 서랍을 열어 안에서 액세서리 파우치를 꺼냈다. 그 안에는 은색 알약 포장재가 숨겨져 있었고, 나는 한 알을 꺼내 협탁에 늘 놓여 있는 생수와 함께 들이켰다.

피임약을 매일 먹고 있다는 사실을 히데오는 모른다. 히데오는 아무것도 모른 채 내 안에 정액을 쏟아 내고 있다. 히데오의 분신을 잉태하는 것은 상상만으로도 오싹했다.

생수병을 협탁에 돌려놓고 벽에 걸려 있는 전신 거울을 문득 쳐다보았다.

거울 속에서 사토 에리가 똑바로 쳐다보고 있었다.

이제 이게 내 얼굴인데, 익숙해져야 할 텐데도 무심코 쳐다볼 때면 흠칫하게 된다.

―에리.

눈을 꾹 감고 입에서 침을 질질 늘어뜨리고 있던 그녀의 죽은 얼굴이 생생하게 되살아났다.

에리를 만난 것은 히데오가 석방된 지 한 달 후였다. 히데오가 석방되자 매스컴은 더 이상 나에게 흥미를 보이지 않았다. 나는 매일 집에 틀어박혀 반나절은 잠으로 보냈다.

잠에서 깨면 죽고 싶다는 생각이 들어서 몇 번이나 아파트 베란다에서 뛰어내리려고 내려다보았다. 하지만 다리가 후들거려 도무지 뛰어내릴 수 없었다. 다른 방법으로라

면 죽을 수 있을지도 모른다는 생각에 인터넷에서 알아보
기 시작했다.

여러 페이지를 넘기다 보니 '함께 죽지 않겠습니까?'라
는 글자가 눈에 들어왔다. 감미로운 유혹. 귀신에 홀린 듯
이 클릭했다. 그것은 게시판 제목이었으며 누구든지 글을
올리고 열람할 수 있었는데 동반 자살 파트너를 구하는 글
이 줄줄이 이어졌다.

게시판 머리말에는 '이 사이트는 자살을 조장, 방관하지
않습니다. 자살은 옳지 않습 니다. 마음을 접어주세요'라고
경고문이 쓰여 있었지만 그건 어디까지나 겉치레에 지나
지 않는지 게시물이나 댓글이 매일 활발하게 올라왔다.

게시판 배경은 까맸고 그곳에 떠 있는 알록달록한 게시
물 글자가 작성자들이 토해낸 독처럼 음침하게 느껴졌다.
소리 없는 자들의 비통한 외침. 이 글을 올린 사람 중에 이
미 몇은 이 세상에 없을지도 모른다고 생각하자 등골이 서
늘해졌다.

여러 게시물 중에서 어째서인지 한 문장에 눈길이 멈추
었다.

이제 지쳤습니다.

혼자 가기엔 외로우니 함께 떠나실 분을 찾습니다.

제가 여자라서 여성분을 찾습니다.

눈길이 멈춘 것은 다른 게시물이 원망스러운 말을 장황하게 늘어놓는 가운데 글이 심플했기 때문일지도 모른다. 하지만 그 내용만으로도 절실함이 느껴졌다. 메일 아이콘을 클릭해서 글을 썼다.

저도 같은 심정입니다. 함께 떠나죠.

글을 보내니 마치 기다렸다는 듯이 바로 답장이 왔다.

그 사람이 사토 에리였다.

동갑이라는 사실을 알게 되자 단숨에 친근감이 들었다. 에리와 몇 번인가 이야기를 주고받으며 죽을 장소와 방법을 의논했다. 내가 렌터카를 빌려 안에서 연탄을 피우자고 제안하자

"안 돼. 렌터카 회사에 민폐를 끼치게 되잖아. 죽을 때 절대로 민폐를 끼치면 안 돼."

라고 거부했다.

"근데 연탄을 사용하는 건 나쁘지 않겠어. 편하게 죽을

수 있다고 하니까."

그리하여 연탄을 사용하기로 했다.

에리가 정보를 여러모로 조사해 텐트 틈을 막으면 밀폐시킬 수 있다는 사실을 알아냈기 때문에 밤에 인적이 드문 산으로 들어가 실행하기로 했다.

에리가 연탄과 테이프를, 내가 텐트를 각자 준비하기로 했기 때문에 아웃도어 용품점에 가서 아마추어라도 간편하게 칠 수 있는 원터치 텐트를 샀다.

마침내 그날 밤이 찾아왔고, 약속 장소인 역에서 처음으로 에리 본인을 만났다. 몸집은 아담하고 단발머리에 초봄이라서 회색 카디건에 검은색 바지를 입고 있었는데, 옷차림은 수수하다기보다 촌스러웠다. 동갑이라서 서른을 앞두고 있을 텐데 말그레하지만 밋밋한 이목구비를 하고 있어서인지 어려 보이기도 하고 늙어 보이기도 했다. 에리는 길거리에서 지나쳐도 전혀 기억에 남지 않을 것 같은 타입의 여자였다.

"사키코지?"

에리는 마침내 동지를 찾은 듯한 기쁜 표정을 지었다. 처음 만났는데도 나도 왠지 친근한 느낌이 들었다.

인사를 나눈 후에 우리는 산으로 바로 향했다. 잠시 평탄한 하이킹 코스를 올라가 적당한 곳에서 길에서 벗어났다. 어두컴컴한 길을 손전등으로 비추며 안으로 깊숙이 나아갔다.

"이 부근이 좋을 것 같아."

숨을 헐떡이며 에리가 말했다.

"응. 별도 예쁘고 딱 좋네."

"별이라니? 텐트에 들어가면 어차피 안 보여."

"그게 말이야. 천장에 창이 나 있는 텐트를 샀어."

"어머, 그래? 와, 기대된다."

지금부터 자살할 사람이라고는 생각할 수 없을 만큼 명랑하게 대화를 나누며(죽음을 앞두고 있었기에 묘하게 들떠 있었을지도 모른다) 우리는 어설픈 손놀림으로 텐트를 간신히 천 주머니에서 꺼냈다. 달빛과 손전등에 의지해 3단 우산처럼 접힌 텐트를 펼쳐 힘껏 위로 당기자 그것만으로도 버젓한 형태가 완성되었다.

"신기해! 이렇게 간단하다니."

에리가 손뼉을 쳤다. 그런 행동을 취해도 왠지 모르게 에리에게는 우울한 분위기가 따라다녔다. 환하게 웃으면 웃을수록 마음이 아릴 만큼 외로워 보였다.

알루미늄 말뚝을 땅에 박아 텐트 모서리를 고정시킨 다

음 바깥에 테이프를 붙이고 창과 입구 지퍼를 닫고 안쪽에
도 테이프를 붙여나갔다.

"그건 그렇고 정말 크다."

"6~8인용이야. 천장에 투명한 창이 달려 있는 타입이
이 시기에 딱 이것밖에 없었거든."

환기용 창에도 테이프를 꼼꼼하게 붙여 공기를 차단시
켰다.

"이걸로 정말 죽을 수 있을까?"

손을 움직여가며 내가 고개를 갸웃거리자 에리가 답
했다.

"비바람이나 추위를 견뎌내야 해서 텐트는 의외로 밀폐
성이 좋아. 텐트 안에서 불을 사용해 요리를 하거나 난방
을 하다가 사망하는 사고도 해마다 일어나나 보더라고."

"불쌍해. 그래도 우리한텐 좋은 거네."

"그렇지. 자, 다 됐어."

에리는 테이프를 다 붙이고 나더니 만족스럽게 텐트 안
을 둘러보았다. 그리고 창으로 하늘을 올려다보며 "와아"
하고 환호성을 질렀다.

"별이 총총해. 밤하늘을 바라보면서 죽다니 최고야. 사
키코가 이 텐트를 고른 건 정답이야."

"술도 가지고 왔으니 한잔하자. 안주도 있어."

내가 가방에서 술과 감씨 과자를 꺼내자 에리가 웃음을 터뜨렸다.

"사키코, 못 말리겠어. 우리가 소풍 온 건 아니잖아. 이러면 안 돼. 죽기 전에 뭘 먹으면 시체가 오염돼."

"어머, 그래?"

"응. 발견하는 사람이 불쌍하잖아. 만에 하나 발견됐을 때의 이야기지만. 어쩌면 몇십 년 아니 평생 발견 안 될 가능성도 있지만."

후후후, 하고 에리가 웃었다.

"자살은 그만큼 민폐를 끼치는 일이니 최대한 타인을 번거롭게 해선 안 돼. 난 집도 폰도 다 계약 해지하고 왔어. 가구나 전자제품은 노숙자를 돕는 단체에 기부했고. 마지막만큼은 누군가의 도움이 되고 싶었거든."

"에리, 너 대단해."

나는 거기까지 생각이 미치지 못해서 정리를 전혀 하지 않았다. 이제 별수 없는 데다 아파트는 자가고 다다토키가 세상을 떠나면서 은행 빚도 다 갚았기 때문에 딱히 아무한테도 폐를 끼치지 않을 거라고 생각하기로 했다.

"만약 발견되었을 때 신원을 바로 알 수 있도록 운전면

허증을 옆에 두는 것도 중요해. 아, 사키코도 챙겨 왔지?"

"응, 챙겨 왔어."

"연탄에 불붙이기 전에 볼일은 보는 게 나아. 지금 혹시
마려워?"

"딱히 안 마려워."

"그럼 조금만 더 기다리자. 가능한 한 몸을 비우는 게 나
으니까. 나는 관장을 해서 비울 건 다 비웠어."

"에리는 왠지 익숙해 보여."

내가 그리 말하자 에리는 멋쩍은 표정을 지었다. 평범한
이목구비가 아주 조금 귀여워졌다.

"세 번째거든."

"그래?"

"응. 두 번은 실패했어. 처음엔 손목을 그었거든. 무난한
방법이지."

에리는 자조적으로 코웃음 쳤다.

"두 번째에는 농약을 마셨어. 메스꺼워서 바로 토했는
데 내장이 녹아내리는 것 같아서 내 손으로 직접 구급차를
불렀어. 위세척을 하는데 너무 고통스러워서 약으로는 두
번 다시 자살하고 싶지 않더라고."

"그랬구나……"

에리의 밋밋한 이목구비가 서글픈 표정을 짓고 있었다. 자살에 그리 적극적인 것처럼은 보이지 않았는데, 의외였다.

"에리, 왜 그렇게 죽으려는 거야?"

"나, 실은 외톨이야. 천하의 고아야. 고등학교 때는 아빠가, 대학교 때는 엄마가 돌아가셨어. 간신히 여대를 졸업해서 작은 회사에 취직했는데 사람들이랑 어울리는 게 고역이더라고."

"나도 고아야. 아빠도 엄마도 형제도 없어."

"동병상련이네." 에리는 미소를 살짝 머금었다. "그런데 죽고 싶은 사람들은 대개 그렇지 않을까?"

"아, 그런가?"

"직장에서 남자친구가 생겼을 땐 딴 세상이 펼쳐진 줄 알았어. 거래처 사람이었는데 엄청 자상하더라고. 근데 사귄 지 몇 년 지나고 나서 유부남인 걸 알았어. 그래도 좋아하니 계속 사귀었는데 그러다 임신해서 낙태했거든. 그리고 경과가 좋지 않아 세균에 감염되는 바람에 자궁을 적출했고…… 최악이지? 그러다 결국 그 사람한테 버림받았어. 그 사람은 애도 낳고 행복하게 지내는데 말이지. 그래서 다 지긋지긋해졌어."

말끝이 파르르 떨려서 나는 에리의 가냘픈 손을 살포시
쓰다듬어 주었다.

"사키코는 왜 자살하려는 거야?"

"남편이 살해당했어."

에리가 눈물이 글썽한 눈을 크게 떴다.

"범인은 잡혔는데 증거가 없어서 풀려났어."

에리에게는 더 이상 숨길 것도 없었다. 다다토키에 대한
일, 사건에 대한 일, 구보카와치에 대한 일을 모조리 털어
놓았다. 에리도 다다토키 사건을 뉴스에서 보고 어느 정도
알고 있었다.

"그랬구나. 지옥 같았겠다. 사키코 많이 힘들었지? 사키
코도 너희 남편도 잘못한 게 없는데. 범인은 천벌을 받아
야 해."

에리는 눈물을 뚝뚝 흘렸다. 누군가 자신을 위해서 울어
주다니 이게 대체 몇 년 만일까. 우리는 끌어안고 잠시 서
로를 위해 울었다.

"아, 소변이 마려워."

한바탕 울고 난 후 에리가 그 말을 꺼내자 우리는 뺨을
적신 채 웃었다. 차례대로 텐트 밖으로 나가 볼일을 봤다.
입구를 테이프로 다시 꽁꽁 봉하고 나자 마침내 연탄에 불

을 붙일 단계로 접어들었다.

"자, 이거. 물 없이 삼켜봐."

에리가 수면제를 줬다. 우리는 수면제를 먹고 불을 지펴 텐트에 누웠다. 천장에 뚫린 창으로 보이는 별이 아름다웠다. 누가 먼저랄 것도 없이 손을 뻗어서 잡았다.

"사키코가 함께여서 다행이야."

에리가 오도카니 말했다.

"나도 에리가 있어서 다행이야."

"얼마나 있다가 죽을까?"

"음, 분명 넓이에 따라서 달라지겠지?"

"이 텐트는 넓으니까 시간이 좀 걸리겠네?"

"역시 아담한 걸 샀어야 했나?"

"아냐. 별을 볼 수 있는 게 훨씬 멋진걸."

에리는 천장에 뚫린 창을 올려다본 채 나른한 말투로 이어서 말했다.

"독일에 있었을 때가 생각나네."

"독일? 독일에 살았던 적 있어?"

"초등학생 시절에 아빠 일 때문에."

"와아, 멋지다. 몇 년 정도 살았어?"

"초등학생 시절을 거기서 다 보냈어."

"대단해. 그럼 독일어 할 수 있어?"

"거의 까먹었지만 조금은 할 수 있어. 독일은 자연이 풍족해서 캠핑을 종종 했어."

"부러워. 독일은 어때?"

"사진 볼래? 옛날에 찍은 사진 전부 다 스마트폰에 있거든."

"볼래. 볼래."

에리가 나른한 듯이 몸을 일으켜 자신의 짐을 들여다본다 싶더니 그 위에 푹 쓰러졌다.

"에리?"

대답이 없었다.

그 대신 잠이 들었는지 숨소리가 들렸다.

에리가 내는 규칙적인 숨소리를 듣다가 나도 정신이 몽롱해졌다. 아, 이제 두 번 다시 깨어나지 않아도 된다고 생각하니 입가에 희미한 미소가 떠올랐다.

물결이 일렁이는 따듯한 바다에 몸을 담그고 있는 듯한 느낌이 들었다. 몸이 묵직해졌고 조금씩 가라앉는 듯했다.

그길로 내 의식은 어두컴컴하고 큰 구멍으로 빠져들었다.

머리가 깨질 것 같아 잠에서 깼다.

의식이 몽롱한 가운데 눈만 천천히 움직여 주변을 둘러보았다. 초점이 잠시 맞지 않았지만 눈앞에 파릇파릇한 나무들과 그 사이사이에 희미하게 밝아져 가는 하늘이 보였다.

의식이 또렷해지면서 당연한 궁금증이 일었다.

—나 아직 살아 있는 건가? 왜?

일어나려는데 꼼짝도 할 수 없다는 사실을 깨달았다. 무언가가 몸을 덮고 있었다. 텐트였다. 텐트는 푹 꺼진 채 내 몸에 엉켜 있었고 천장에 뚫려 있던 창이 얼굴을 뒤덮고 있었다.

—에리는 어떻게 됐지?

양손을 짚고 몸을 일으키자 머리가 핑 돌았다. 텐트 입구를 손으로 더듬어 찾아 접착테이프를 벗긴 다음 지퍼를 열었다. 밖으로 기어 나온 나는 "아" 하고 소리를 냈다.

텐트 위에 굵은 나뭇가지가 떨어져 있었다. 그래서 텐트가 쓰러진 건가. 나뭇가지는 나와 에리가 누워 있던 곳을 절반으로 가르듯이 떨어져 있었다.

"에리? 에리?"

나뭇가지를 발로 걷어차서 치우자 부러지지 않은 텐트

뼈대 몇 개가 원래 형태로 돌아왔다. 텐트에 아담한 공간이 생겼다. 나는 다시 한번 더 텐트 안으로 기어 들어갔다. 누워 있는 에리가 보였다.

"에리—."

나는 에리의 뺨을 살짝 건드리고 손을 무심코 움츠렸다. 몹시 차가웠다. 핏기가 가셔서 창백해진 입술에 손을 조심스럽게 갖다 댔다. 숨을 쉬지 않았다. 에리의 발밑에 연탄과 화로가 굴러다니고 있었다.

나는 에리의 시체 옆에 멍하니 주저앉았다. 마음이 조금 진정되고 나니 상황이 파악되기 시작했다. 우리가 잠이 들자마자 나뭇가지가 떨어진 듯했다. 그리고 그 나뭇가지가 어쩌다가 텐트를 반으로 갈라서 연탄이 있는 공간과 없는 공간을 만들었다. 그래서 나만 살아남고 에리는 그길로 세상을 떠난 것이다.

나 홀로 살아남았다.

나는 패닉에 빠져 가방에서 칼처럼 흉기가 될 만한 물건을 찾았다. 하지만 아무것도 없었다. 에리의 가방도 뒤졌다. 하지만 지갑과 손수건만 들어 있었다.

산소가 다 떨어져 불이 꺼진 연탄이 그대로 남아 있었지만, 지금과 같은 텐트 상태로는 밀실을 만들기 어려워 보였다.

그건 즉 지금 여기서 죽기 힘들다는 뜻이다.

"에리…… 미안해. 너 혼자 가게 해서."

에리의 이마와 뺨에 들러붙은 머리카락을 떼어 내고 어루만져 주었다. 몸통 옆에 널브러진 양팔을 가슴 앞에 모아 주려고 들어 올리다 오른손에 스마트폰이 들려 있다는 사실을 알았다. 마음이 먹먹해졌다.

"동이 완전히 터서 가게가 열리면 칼이라도 사서 돌아올게. 그런데 칼로 내 몸을 직접 베거나 찌르는 건 너무 무섭겠지? 그래서 이 방법을 고른 건데."

여전히 눈을 감고 있는 에리에게 나는 말을 이어 나갔다. 에리가 쥐고 있던 스마트폰을 살포시 빼내어 가방에 넣은 후 가슴 앞에 양손을 모아 주었다.

"텐트를 다시 사서 한 번 더 똑같이 시도해 볼까? 그런데 이 주변에 텐트를 팔 리가 없겠지? 나 어쩌지."

당연한 일이지만 에리는 대답하지 않았다. 잠든 듯한 그 얼굴은 참으로 평온해 보였다. 모든 굴레와 번뇌 속에서 벗어났구나 싶은 생각이 들자 부러웠다.

"이렇게 보니 에리는 참 예쁜 것 같아. 맨얼굴로 다니는 게 아깝잖아. 더 꾸미고 다녔으면 좋았을 텐데…….

아, 맞다."

나는 가방을 끌어당겨 화장품을 꺼냈다.

"눈썹은 아치 모양으로 꼼꼼하게 채워서 그리면 세련 돼 보여. 아이라인도 또렷하게 그려 넣으면 얼마나 예쁜 데……. 아이섀도는 핑크골드색이 어울릴 것 같아. 이 위에 갈색 아이섀도를 겹쳐 바르면 외까풀 눈도 커 보여. 입술 도 핑크색 계열로 맞추고…… 아, 볼 터치도 같은 색이 좋 겠네."

에리의 얼굴에 화장을 계속해 나갔다. 에리의 평범한 얼 굴이 화려하고 입체적으로 변했다.

"다 됐어. 너무 예뻐……. 에리 마음에는 들지 않으려 나? 완전히 내 스타일이긴 해. 그래도 에리랑 잘 어울려."

다른 상황에서 에리와 훨씬 전에 만나 친해졌으면 좋 았을 텐데. 그리고 이렇게 화장을 해 주고 매력적인 패션 스타일로 꾸며 줬더라면 좋았을 텐데. 그랬다면 인생의 즐거움을 찾아내 목숨을 끊으려 하지 않았을지도 모른 다. 나는 이제 와서 돌이킬 수 없는 일을 엉뚱하게 상상 하고 있었다.

"역시 에리는 청순한 게 어울리려나? 혹시 생각보다 일 찍 시체가 발견돼도 신분증 사진이랑 너무 달라 에리가 아닌 줄 알면 어쩌지? 야시시한 여자라고 생각하면 어쩌지."

풋 하고 웃다가 자신이 꺼낸 신분증이라는 말에 흠칫
했다.

에리는 더 이상 이 세상에 존재하지 않는다. 하지만 에
리의 면허증이나 보험증서는 여기에 있다. 그리고 나는 살
아 있다.

에리로 다시 태어나면 어떨까?

침을 꼴깍 삼키고 파르르 떨리는 손으로 에리의 가방에
서 지갑을 꺼냈다. 면허증, 보험증서, 포인트 카드, 비디오
대여점 회원증과 같은 에리의 모든 삶이 담겨 있었다.

이게 있으면.

이것만 있으면 나는 에리인 양 살아갈 수 있다.

에리는 천애 고아라고 했다. 친구도 없다고 했다. 그렇
다면 내가 에리로 살아가도 아무도 모르지 않을까.

"에리."

에리의 손에 내 손을 포개었다.

"네 인생을 대신 살아도 될까? 기회를 얻고 싶어. 그 남
자의 죄를 폭로하고 싶어."

삶의 마지막 순간까지도 누군가에게 도움이 되고 싶다
고 했던 에리라면 용서해 줄 것 같았다.

물론 내가 유리한 쪽으로 해석하고 있다는 사실은 알고 있었지만, 죽었다 깨어나도 생기지 않을 좋은 기회를 놓쳐서는 안 된다는 느낌이 강하게 들었다.

에리의 얼굴은 "이 배신자"라고 화를 내는 것처럼도 "그렇게 해"라고 미소 짓는 것처럼도 보였다.

"다 해결하고 다시 올게. 에리를 그냥 내버려 두지 않을 거야. 그러니 그때까지 기다려줘."

나는 대체 누구에게 말을 건네고 있는 걸까. 내 주변을 맴돌고 있을지도 모를 에리의 영혼에게 건네고 있는 걸까. 아니, 죄책감을 덜어내기 위해 자신에게 일러주는 말일 뿐이다.

마음을 다부지게 먹고 에리의 시체와 함께 텐트를 자잘한 나뭇가지와 잎으로 최대한 덮어서 가린 다음 에리와 내 가방을 들고 왔던 길을 되돌아갔다.

올 때는 에리와 함께였는데 지금은 이렇게 홀로 울창한 나무 사이를 걷고 있으니 심란한 데다 마치 다른 차원에서 헤매고 있는 듯한 느낌이 들었다. 까마귀 몇 마리가 까악까악 하고 불길하게 울면서 빙글빙글 돌았고 들개라도 있는지 멀리서 으르렁대는 소리가 들렸다. 이곳은 정말 문명의 이기가 차고 넘치는 일본으로 이어지는 길이 맞을까.

올려다본 하늘조차 평소와 달라 보였다.

안간힘을 다해 숲을 빠져나가 길을 걷고 있는데 시야가 탁 트였다. 하이킹 코스 표지판과 식당 간판이 보이자 힘이 쭉 빠졌다. 마치 사후 세계에서 돌아온 것 같은 느낌이었다.

남아 있는 얼마 되지 않는 현금으로 버스표를 사서 도쿄 도내로 돌아와 자신의 은행 계좌에서 돈을 싹싹 긁어모아 인출해 에리의 계좌에 입금했다. 에리의 계좌에는 60만 엔 정도가 남아 있었기에 합치자 180만 엔가량이 모였다.

그런 다음 에리의 신분증으로 저렴한 연립 아파트를 구하고 휴대전화를 개통했다. 조금이라도 부담을 덜기 위해 원래 살던 아파트에서 살고 휴대전화도 계속해서 쓸까 싶었지만, 아무리 생각해도 에리와 나의 접점을 완전히 제거하는 편이 나을 듯했다.

그리고 성형외과로 갔다. 내 얼굴은 히데오가 알고 있을 것이다. 주간지에 실리고 와이드 쇼에 등장할 때 눈이 가려져 있었지만, 인터넷에 온갖 사진이 나돌았다. 그래서 그에게 접근하려면 얼굴을 바꿔야만 했다.

에리의 스마트폰에서 얼굴이 자세히 찍혀 있는 사진을 보여 주고 이 얼굴로 성형해달라고 했다.

"쌍꺼풀을 외까풀로 만들 수는 있지만 까다롭긴 하겠군요."

의사는 난처해했지만 요구 조건을 어떻게든 들어주었다. 눈꺼풀을 외까풀로 만들고 코도 깎아서 낮췄으며 이마와 턱에 보형물을 삽입해 조금 부은 느낌으로 둥근 얼굴형을 만들었다.

수술 후에 얼굴이 빵빵하게 부었고 뼈가 욱신거렸다. 하지만 붓기가 가시고 수술 자국이 사라진 3개월 후에는 나도 놀랄 만큼 에리의 얼굴과 똑같았다.

면허증 사진에 맞춰 머리도 단발로 잘랐다. 패션스타일까지 따라 할 필요는 없을 것 같았지만 눈에 띄고 싶지 않아서 결국에는 수수한 옷만 골라 입었다. 행동도 조심스러워져서 마치 진짜 사토 에리가 된 것 같은 착각에 빠질 정도였다.

붓기가 가라앉고 흉터가 옅어지자마자 나는 히데오를 찾기 시작했다.

사건 전에 일하던 병원을 관둔 것은 방송으로 알고 있었다. 무죄라 해도 동료와 환자에게 민폐를 끼쳤다는 생각에 자진해서 사표를 낸 모양이었다.

그 병원 말고는 별다른 단서가 없었지만 병원을 관뒀다

고 해도 반드시 어딘가에서 여전히 의사로 일하고 있을 테며, 게다가 '구보카와치'라는 성이 특이하니 찾기 쉬울 거라고 만만하게 보고 있었다. 하지만 오산이었다. 아무리 검색해도 전혀 나오지 않았고 인터넷에 공개된 그의 주소지를 찾아갔으나 당연히 집은 비워진 상태였다. 심부름센터 직원이라도 고용할까 싶었지만, 앞으로 벌어질 일을 고려한다면 제삼자가 개입하지 않는 편이 현명할 듯했다.

기운이 빠졌지만 히데오의 여동생을 찾으면 행방을 알수 있을지도 모른다는 생각이 들었다. 인터넷에는 여동생이 다니는 병원도 공개되는 바람에 소란을 피해 병원을 옮겼다는 정보가 실려 있었다. 옮긴 병원의 이름까지는 실려 있지 않았지만, 인공 심장을 단 환자가 통원하고 입원할수 있는 시설은 한정되어 있는 모양이었다. 지금까지 진료를 받아온 주치의의 도움을 받아야 하기에 아주 먼 곳으로 이동했다고는 생각하기 힘들었다. 그래서 원래 다니던 병원에서 가장 가까운 병원이 아닐까 짐작했다. 히데오는 아키코의 곁을 늘 지켜야 하니 새 병원에서 출퇴근할 수 있는 범위 내에 분명 살고 있을 테다.

나는 지도를 들고 그의 여동생이 새로 옮긴 병원으로 예상되는 곳을 중심으로 개인 병원을 찾아다녔다. 병원이나

의원에 감기에 걸렸다, 머리가 아프다 하며 진찰을 받으면서 벽에 걸린 의사 면허증으로 의사의 이름을 확인했다.

개원했을지도 몰라서 새 병원에도 가봤지만, 개원한 병원은 몇 곳 되지 않았고 그곳에서도 히데오의 이름을 찾아볼 수 없었다. 곰곰이 생각하니 개원하면 원장으로 이름을 걸고 운영해야 하니 개원했을 가능성은 희박할지도 모른다.

의사 일은 이제 관둔 걸까.

아니면 큰맘 먹고 멀리 이사 갔을 가능성도 있다.

혹시 내가 완전 헛다리를 짚고 있는 건 아닐까.

막다른 골목에 이르러 초조해하고 있던 어느 날, 우연히 간 병원 대기실에서 어르신들이 나누는 대화가 귀에 들어왔다.

"선생님은 사건 이후부터 방문 진료만 전문으로 하기 시작하셨나 보더라고. 구마가이 씨 댁에도 흔쾌히 와주셨다던데."

"우리도 여차 싶을 때 선생님께 방문해달라고 부탁드려 봐야겠네."

사건 그리고 방문 진료라는 말에 정신이 번쩍 들었다.

"죄송한데 저도 방문 진료해 주시는 의사 선생님을 찾

고 있는데 선생님 성함이 어떻게 되시나요?"

나는 어르신들에게 말을 걸었다. 노부인 둘과 노신사 한 사람이 서로 말동무가 되어 주고 있었다.

"구보카와치라는 분이에요."

노부인은 살갑게 대답해 주었다. 내 심장이 쿵쾅쿵쾅 뛰었다. 드디어 찾았다.

"원랜 대형 병원에서 근무하던 대단한 외과 선생님이세요. 우리는 그분이 코흘리개이던 시절부터 봐왔지만 말이죠."

노부인이 호호호호 하고 웃자 노신사도 덩달아 웃었다.

"선생님이 우리 동네로 돌아와 줘서 얼마나 다행인지 몰라요. 이젠 마음 푹 놓고 나이를 먹을 수 있겠어요."

"이 근방에서 유명한 의사 집안이에요. 아버님도 종합병원 원장이셨고 의사협회에서도 직책이 높았다고 하니 대단한 집안이죠."

다른 노부인이 자기 일인 양 자랑스럽다는 듯이 흥분했다.

"그런데 참 안타깝게도 어머니가 암으로 일찍 세상을 떠났으니."

"여동생도 선천병을 가지고 있고 말이죠. 딱해서 참."

"그래서인지 선생님은 환자 마음을 잘 이해하잖아."

어르신들이 진지해졌다.

"성함이 구보카와치인 거네요? 이름을 어디선가 들어본 것 같아요."

은근슬쩍 떠보자 노신사가 "그럴 수밖에"라고 말했다.

"사건에 휘말려서 용의자로 의심받았으니 원."

"용 씨, 쓸데없는 소리는 하지 마요."

노부인이 작은 목소리로 남성을 나무랐다.

"뭐 어때서. 선생님은 잘못한 게 없잖아. 그러니 숨길 게 뭐 있어."

"말 한번 잘했네. 선생님이야말로 피해자잖아."

나는 그 말을 흘려듣고 이야기를 단도직입적으로 꺼냈다.

"구보카와치 선생님이 운영하시는 진료소는 어디에 있나요?"

"진료소를 운영하는 건 아니고 여러 병원에 소속만 된 채 방문 진료만 담당하고 계세요."

그랬구나. 그래서 도무지 찾을 수 없었던 거였구나.

"그럼 어느 병원에 가야 선생님을 뵐 수 있나요?"

"아스나로 의원이랑 고가 병원과 협력하고 있다던데."

"알려주셔서 감사합니다."

나는 감사 인사를 하고 대기실에서 서둘러 나왔다.

그 병원들을 찾아가더라도 나한테는 방문 진료가 실상 필요하지 않기에 소개를 받을 수 없을 테다. 그래서 구마가이 씨 댁을 찾아보기로 했다.

동네 전화번호부에 실린 그 성은 한 가구밖에 없었다. 요즘에는 전화번호부에 번호를 싣지 않는 집도 허다하기에 이 집 말고 또 있을지도 모르지만 우선 가보기로 했다. 렌터카를 근처에 주차하고 며칠인가 잠복하고 있는데 어느 날 히데오가 자전거를 타고 찾아왔다.

텔레비전에서 보던 얼굴과 똑같았다. 아니, 조금 살이 올랐을지도 모른다.

무릎이 후들거렸다. 줄곧 찾아왔는데 막상 본인을 마주하자 어떻게 해야 할지 갈피를 잡을 수 없었다.

저 남자가 남편을 죽였다.

당장이라도 차에서 뛰어내려 찔러 죽이고 싶은 충동을 억누르고 히데오의 행동을 잠자코 지켜보았다. 히데오는 구마가이 씨 댁 앞에 자전거를 세우고 자물쇠를 채우더니 인터폰을 누르지 않고 안으로 들어갔다.

나오면 말을 걸어보자. 그런데 뭐라고 말을 걸지? 지금까지 찾는 데만 신경이 쏠려 있어서 말을 걸 구실은 생각지도 못했다.

30분 정도 지나자 히데오가 대문에서 나오는 게 보였다. 배웅하러 나온 사람이 집으로 들어가는 것을 확인한 후 나는 차에서 내렸다.

"저기⋯⋯."

자전거를 잠근 자물쇠를 풀고 있던 히데오는 뒤돌아 나를 보더니 경계하는 듯한 표정을 지었다.

"무슨 용건이시죠?"

"저 실은⋯⋯."

바로 이 자리에 남편을 죽인 남자가 있다. 머릿속이 새하얘지고 말문이 턱 막힌 채 가만히 우두커니 서 있었다. 그런 나를 무시하고 히데오는 자전거에 올라탔다.

"잠깐만요."

히데오는 아무 말 없이 그길로 출발했다.

"부탁이에요. 잠깐만요."

나는 쫓아서 달려갔다.

"당신, 방송국 사람이죠?"

자전거 페달을 밟아가며 히데오는 불쾌한 듯이 말했다.

"네? 아니요, 저는⋯⋯."

"제발 부탁이니 이젠 절 좀 내버려 둬요. 이제 겨우 일상으로 돌아왔어요."

그렇게 말하더니 히데오는 속도를 높였다.

"오해예요. 저는, 저는……."

나는 달려가면서 히데오의 등에다 대고 힘껏 외쳤다.

"시민단체에 있었어요!"

히데오가 타고 있던 자전거가 급정거를 했다.

"선생님께 치료를 받은 환자는 아니에요. 선생님을 뵌 적도 없어요. 하지만 선생님이 무죄일 거란 생각에 전단지를 돌리고 서명을 받는 활동을 했어요."

히데오는 자전거에 걸터앉은 채 고개를 서서히 돌렸다. 나는 종종걸음으로 히데오에게 다가갔다.

"오늘은 그냥 온 게 아니라 그 이후에 어떻게 지내시는지 궁금해서……."

히데오를 간신히 따라잡고 나니 숨이 찼다. 숨을 고르고 있는데 "제가 실례를 저질렀네요"라며 히데오가 머리를 긁적였다.

"방송국 사람인 줄 알았어요. 그때는 날마다 절 따라다녀서 노이로제에 걸릴 것 같았거든요."

히데오는 자전거에서 내려 스탠드를 세워 고정시키더

니 고개를 깊이 숙였다.

"정말 감사합니다. 지금 제가 이렇게 지낼 수 있게 된 건 시민단체분들 덕분입니다."

"고개 드세요. 저는 한 게 없어요."

히데오는 고개를 들더니 내 얼굴을 뚫어지게 쳐다보았다. 심장이 철렁 내려앉았다. 얼굴은 바뀌었다. 정체가 탄로 날 리는 없지만 식은땀이 났다.

"실례가 되지 않는다면 성함을 여쭤봐도 될까요?"

"사토예요. 사토 에리."

"사토 씨군요. 죄송합니다. 신세를 크게 졌는데 시민단체 회원분들 성함을 다 알지는 못해서요."

"죄송할 거 없어요. 저는 막바지에 잠깐 참가했어요. 다른 회원분들도 절 모르실 거예요."

알리바이를 만들었다.

"그런데 여기는 어쩐 일로 오셨나요?"

"너무 궁금하던 차에 우연히 선생님 이야기를 듣고 찾아왔어요."

뭐라 대답해야 할지 난감했지만 이 말만큼은 사실대로 하기로 했다. 얼마 전에 만난 노인들은 히데오를 알고 있고, 내가 그에 대해 물었다는 사실은 언젠가 들킬지도 모른다.

"그랬군요……."

히데오는 난감해하는 기색이 역력했다. 그렇다고 찾아올 필요까지는 없지 않은지 묻고 싶어 하는 표정을 짓고 있었다.

"신경 써 주셔서 감사합니다. 덕분에 저는 이렇게 생활을 잘 꾸려나가고 있습니다. 다음 진료에 늦으면 안 되니 전 여기서 이만 물러나겠습니다."

히데오는 고개를 살짝 숙여 인사하더니 자전거 스탠드를 걷어차고 자전거를 탔다.

"다시 뵐 수 있을까요?"

내 말에 페달을 밟으려던 히데오가 흠칫하더니 돌아보았다.

"선생님과 이야기를 더 나눠보고 싶어요."

"…… 왜죠?"

"사건 때문에 시끌벅적할 때도 의연하셨잖아요. 대단해 보였어요."

"아니, 그건, 제가 무죄라는 건 제가 제일 잘 알고 있었으니까요."

"그래도 처음에는 용의자 취급을 받았잖아요. 상대가

잘못했는데도 말이죠. 사기꾼이라니 저질이에요."

"전 그 사실을 몰랐어요."

"정말인가요?"

히데오의 시선이 또다시 경계하듯이 날카로워졌다. 나는 다급히 상황을 수습했다.

"저기 주간지에서 읽었는데, 상대가 나쁜 짓을 많이 했더라고요. 그런 사람을 믿다니 너무 순수한 분이라는 생각이 들었어요."

"과찬이시네요." 히데오는 쓴웃음을 짓더니 고개를 저었다. "전 이만 가보겠습니다. 환자분이 기다리고 계셔서요."

"그러면—."

"시민단체분이라고는 하셨지만, 개인적으로는 친분을 쌓지 않는 편이 나을 것 같네요."

페달을 밟으려는 히데오의 팔을 순간적으로 움켜잡았다.

"그럼 이제 못 만나는 건가요?"

내 눈빛이 너무 애절해 보였는지 히데오가 난처한 듯 인상을 찌푸렸다. 실제로 나는 어떻게든 히데오에게 접근하기 위해 필사적이었다.

"만날 이유가 딱히……."

"선생님한테 끌려요."

아차 싶었지만 입을 뚫고 말이 튀어나왔다.

"네?"

"구보카와치 선생님께 이성적으로 끌려요. 그래서 당신에 대해 더 알고 싶어요."

침묵이 흘렀다. 이런 소리를 하면 괜히 경계심만 사서 두 번 다시 만날 수 없을지도 모른다. 하지만 지금은 정면 돌파하는 방법밖에 생각나지 않았다. 시민단체에서 활동했다는 것만으로 부족하다면 이것밖에 없다. 이판사판이었다.

"당신은 분명 착각하고 있는 거예요."

기나긴 침묵 끝에 히데오가 나지막이 말했다.

"아마, 아니 실제로 그건 일시적인 감정일 겁니다. 살인범과 같은 범죄자를 텔레비전에서 보고 감정 이입을 해서 사랑에 빠지거나 결혼하고 싶어 하는 사람이 간혹 있습니다. 당신은 분명 지금 그런 상태일 뿐일 겁니다."

"아니에요."

"전 살인 용의자였어요. 부모님이 허락해 주실 리가 없잖아요."

"저희 부모님은 이미 돌아가셨어요. 형제자매도 없어요. 저뿐이에요. 그래서 선생님 생각이 자꾸 났을지도 몰라요.

선생님도 외로워 보였거든요. 어떻게든 버팀목이 되어드리고 싶었어요."

"조금 전에 말씀드렸듯이 그건 동정심일 뿐……."

"그럼 제가 판단할 시간을 주세요!"

히데오의 안경 안에 자리한 눈이 커졌다.

"선생님에 대한 감정이 착각인지 아닌지 저도 잘 몰라요. 그러니 판단할 수 있는 기회를 주세요. 제발요."

내가 눈물을 뚝뚝 흘리자 히데오는 "무슨 말씀인지 잘 알겠어요. 진정하세요"라며 당황해했다.

"이건 제 연락처예요. 아무 때나 연락하세요."

히데오는 이름과 폰 번호만 쓰여 있는 명함을 나에게 내밀었다.

"저 너무 기뻐요. 고마워요."

미소 짓는 나를 외면하며

"그럼 가보겠습니다."

하고 히데오는 어색하게 인사를 하고 그길로 멀어져 갔다.

히데오의 모습이 사라지자 나는 눈물을 바로 닦아냈다. 휴대전화 번호를 폰에 등록하고 명함을 구겨 하수구에 버렸다.

그로부터 히데오와 나는 가끔 만나는 사이가 되었다. 나는 어떻게든 호감을 사기 위해 어른스럽고 고분고분하게 행동했다.

히데오는 재미라곤 찾아볼 수 없는 평범한 남자였다. 의사인데도 명품 하나 가지고 있지 않았다. 안경도 저렴한 브랜드였고 지갑이나 신발도 흔한 브랜드를 사용했다.. 취미는 영화관에 가끔 가는 것 정도였는데, 그마저도 블록버스터급 할리우드 영화가 아니라 역사, 전쟁, 전기, 자연 등을 주제로 한 다큐멘터리를 즐겼다.

대화도 따분하기 짝이 없었다. 무언가 물으면 그는 요점에서 벗어난 대답을 하기 일쑤라서 짜증이 솟구쳤다.

편견일지도 모르지만 의사니까 외모가 많이 달리거나 괴짜라도 여자가 어느 정도 따를 거라 생각했다. 하지만 히데오 근처에는 여자라곤 얼씬도 하지 않았는데, 그게 납득이 갈 정도였다.

하지만 나는 다큐멘터리 영화도 흔쾌히 보러 갔고, 그가 말하는 영화 감상에 귀를 열심히 기울였다. 조금 멀리까지 나갈 때는 도시락을 쌌고, 일이 바쁘다고 하면 야식까지 갖다 바쳐가며 가정적인 모습을 어김없이 어필했다.

그런 자잘한 노력이 성과를 맺기 시작해서 히데오는 서

서히 마음을 열게 되었다. 하지만 말기 환자들을 돌보고 있었기에 만날 약속을 잡아도 바로 직전에 약속이 취소되거나 시간을 쥐어짜 내어 만나게 되어도 긴급 호출 때문에 환자 집에 서둘러 가는 일이 허다했다. 사건 단서를 찾으려고 해도 이렇게 번갯불에 콩 구워 먹듯이 만나서는 한도 끝도 없을 것 같았다.

"나랑 결혼해 줄래요?"

반년쯤 지난 어느 날, 내가 꺼낸 말에 히데오는 놀라며 고개를 가로저었다.

"내 주제에 무슨 결혼이야. 난 이렇게 가끔 만나는 것만으로도 충분히 즐거워."

"난 부족해요."

"하지만……."

"내가 말했잖아요. 우리 부모님은 오래전에 돌아가셨어요. 그래서 난 얼른 가정을 꾸리고 싶어요."

"난 살인 용의자였던 사람이야."

"그게 뭐 어때서요. 용의자랑 범인은 명백히 달라요."

"그래도 안 돼. 편견을 가진 사람도 많아."

"내가 당신을 믿는데 뭐가 문제예요."

"안 돼. 굳이 나 같은 남자랑 결혼할 필요 없어. 당신 미래도 잘 따져봐야지."

히데오는 내 프러포즈를 완강히 받아들이지 않았고, 우리는 만날 때마다 반복해서 이런 이야기를 나눴다.

두 달에 걸쳐 설득하는 동안 히데오의 고집이 조금씩 꺾였다. 내가 히데오를 얼마나 사람으로서 존경하며, 평생을 함께할 사람이라면 히데오밖에 떠오르지 않는다고 계속해서 설득해 간신히 혼인신고까지 하게 되었다.

"…… 사키코…… 거기가 아니야."

히데오가 내 본명을 부른 것 같아 가슴이 철렁 내려앉으며 현실로 돌아왔다.

내 옆에서 히데오가 몸부림을 치고 있었다. 히데오는 잠꼬대가 심했다. 함께 생활하기 시작한 요 며칠 동안에 알게 된 사실이다. 아마 지금은 잠꼬대로 여동생 아키코의 이름을 부른 듯했다.

잘 때만이라도 가만히 있어 주면 좋을 텐데. 목소리를 들으면 역겨웠다. 꼴도 보기 싫었다.

하지만 나는 이 남자의 아내다. 이 남자를 위해 식사를 차리고 빨래를 하고 청소를 하고 몸을 허락한다.

나는 히데오에게 뭐든 해 줄 수 있다. 하지만 내가 최선을 다하는 상대는 히데오가 아닌 다다토키다.

경계심을 푼 히데오의 자는 얼굴. 흰머리가 많은데도 안경을 벗으면 젊어 보였다. 입을 살짝 벌리고 코를 들릴 듯 말 듯 골며 평온하게 자고 있었다.

이 인간은 숨 쉬고 있어.

그 사실이 너무 괘씸했다.

히데오 쪽으로 무의식적으로 몸을 내밀어 목에 손을 가져다 댔다. 이대로 온 체중을 실어 목을 힘껏 조르면…….

그러면 모든 것이 끝난다.

나는 바짝 마른 입술에 침을 묻히고 팔에 힘을 실으려고 했다. 하지만 그때 히데오가 반대 방향으로 다시 몸부림을 쳤다.

제정신으로 돌아왔다.

지금 죽여서는 안 된다.

히데오는 '불운에 휘말린 훌륭한 의사'라는 깨끗한 이미지를 가진 선량한 사람으로 죽게 된다. 그리고 다다토키는 여전히 악인으로 머물러 있을 테다. 사건의 전모가 밝혀질 때까지는 살아 있게 내버려 둬야 한다.

그 사실을 알고 있으면서도 매일 이런 충동에 휩싸이곤 했다.

히데오가 욕조에 들어가 있을 때 드라이기를 물에 빠뜨릴까.

음식에 독을 탈까.

자고 있는 동안에 칼로 찔러 죽일까.

뭐든 간단했다.

하지만 그러하기에.

그러하기에 죽이는 건 마지막 수단으로 삼기로 했다. 다다토키의 한을 풀어줄 수 있는 방법이 살인밖에 없을 때 말이다.

증오하는 상대를 곁에 두고 충동을 억누르며 사랑하는 척해야 하는 건 지옥이나 다름없다.

결코 저물 리 없는 증오라는 태양에 온몸이 타들어 갔고 절망의 사막에 맨발이 달구어졌으며 분노의 화염이 몸속에서 이글이글 타올랐다.

하지만 나는 이 작열하는 지옥 속에서 악착같이 나아갔다.

언젠가 이 업보가 집어삼키겠지.

히데오를.

그리고 나를.

灼熱

7

함께 살기 시작한 지 2주가 지나고 3주가 지나며 히데오와 보내는 생활에 점점 익숙해져 갔다.

아침에 그를 배웅하고 나서는 일과처럼 집구석을 뒤져 닥치는 대로 스마트폰 카메라로 찍어 저장했다. 지금까지 생명보험 증서와 원천징수표, 확정신고 사본 등이 나왔지만 딱히 사건의 실마리가 될 것 같지는 않았다. 통장을 보면 자금의 흐름을 직접 확인할 수 있을 거라 기대했지만 전기세나 카드값이 인출되는 게 고작이었고, 다다토키에게 송금한 3,000만 엔과 그 돈이 석방 후에 다시 입금된 기록 말고는 거액이 입출금된 흔적도 없었다. 오히려 검소한 생활이 돋보였다.

히데오의 지갑에 들어 있는 카드 수에 비해 우편으로 날아오는 명세서 수가 확연히 적다는 사실을 깨달았다. 아무래도 대부분 인터넷으로 명세서를 받는 모양이었다. 살을 맞대고 살아도 배우자의 정보를 파악하기 힘든 시대라는 사실을 뼈저리게 깨달았다.

특별한 수확이 없어서 마음만 초조해졌다. 애초에 이렇다 할 구체적인 물증을 찾는 건 아니었다. 실제로는 사기라는 사실을 알고 있었다는 막연한 증거를 찾고 있었다. 그건 대충 휘갈긴 메모일지도 모르고 노트에 적혀 있는 글일지도 모르며 기록이 전혀 없을 가능성도 있다. 마치 뜬구름을 잡는 듯한 느낌이 들어서 최근에는 허무한 마음이 가득했다.

언제 어떻게 다다토키와 안면을 텄는지 알 수 있는 증거도 찾고 싶었다. 두 사람이 알게 된 경위는 보도되었지만, 그건 어디까지나 히데오의 진술에 지나지 않으며 진실이 아닐지도 모른다. 두 사람이 실제로 어떤 관계였는지 아무도 모른다.

히데오는 다정다감하고 성실하지만 숨겨진 얼굴이 있는 게 틀림없다는 생각에 다다토키와 얽힌 트러블이나 클레임이 들어오지 않았는지 관찰했다. 하지만 주변 사람들에게 받는 평판이 무척이나 좋은 모양이었다. 특히 말기 치료가 주된 업무였기 때문에 환자와 그 가족들에게 가족이나 다름없는 존재로 대우받으며 감사받고 있었다.

파면 팔수록 알아내고 싶은 사실에서 멀어져 가는 듯해서 나는 하루가 멀다 하고 내심 짜증이 솟구쳤다.

한편 평소에 하는 일과와 더불어 며칠에 한 번 반드시 해야 하는 일이 있었다. 히데오의 여동생, 아키코에게 병문안을 가야 했다. 이날도 점심을 먹은 뒤 나갈 준비를 했다.

현관을 나서자 뜨거운 열기 덩어리에 휩싸였다. 역까지 간신히 가서 전철로 두 정거장 뒤에 있는 종합병원으로 갔다. 그리고 접수처에서 방명록을 적고 출입 허가증을 받아 병실로 들어갔다.

"아, 언니."

아키코가 침대에 기대 바느질을 하다가 활짝 웃으며 고개를 들었다.

결혼하기 전부터 나는 병문안으로 얼굴을 자주 비추었다. 아키코의 지병이 사건에 이용된 게 미안했고, 그녀에게는 아무 죄도 없는데 방송 관계자들이 병원에 진을 쳤다고 해서 안쓰러웠다. 두말할 것 없이 그녀에게는 아무 잘못도 없었고 그녀는 사건에 휘말렸을 뿐이다. 중병이기도 했기에 나는 진심으로 아키코가 가여웠다.

"컨디션은 어때요?"

"보통이에요."

아키코는 바느질하던 손을 멈추고 옆에 자리한 테이블에 바느질 꾸러미를 내려놓았다.

"어머 예뻐라. 뭐 만들어요? 속옷 넣어 다닐 파우치예요?"

여성스러운 핑크색 꽃무늬가 들어간 퀼트. 지퍼도 달려 있었고, 크기가 여행할 때 갈아입을 옷이나 속옷을 넣어 다니기 딱 좋아 보였다.

"아, 이거요? 여기에 보조 인공 심장 컨트롤러랑 배터리 넣어 다닐 거예요."

아키코가 대수롭지 않다는 듯 선뜻 말했다.

"퇴원해서 외출할 수 있게 되면 이 기계들을 가지고 다녀야 하잖아요? 조금이라도 더 예쁜 가방에 넣어 다니고 싶어서요. 볼래요? 색깔만 다른 것도 있어요."

명랑하게 사이드 테이블 서랍에서 밝은 청회색과 오렌지색 천을 꺼냈다.

"그래요……? 정말 근사하네요."

"그렇죠? 고마워요. 이제 어깨끈만 달면 돼요."

여성스럽고 앙증맞은 가방에 담긴 인공 심장 컨트롤러와 배터리. 그 물건들이 아키코의 인생을 상징하는 듯했다.

"그런데 히로미 양은요?"

이곳은 2인실로 커튼이 한가운데에 쳐져 있었다. 아키코와 병실을 같이 쓰는 히로미는 아키코와 또래라서 친하게 지냈다. 단발머리에 얼굴이 뽀얀 예쁘장한 아이로, 무척이나 예의가 발랐기에 내가 병문안을 오면 늘 커튼을 걷고 "안녕하세요?" 하고 인사를 했다. 병간호를 하는 그녀의 어머니도 무척이나 살가운 사람이라서 병문안 선물을 서로 나누기도 했기에 친분이 두터웠다.

"퇴원했어요?"

"아뇨." 아키코가 고개를 가로저었다. "엊그제 죽었어요. 병세가 나빠져서요."

"아……."

나는 더 이상 말을 잇지 못했다. 지금 내 눈앞에 있는 아키코는 태연하게 대화를 나누고 있고, 안색도 무난했다. 하지만 죽음을 늘 곁에 두고 있다는 게 새삼스럽게 실감났다. 히로미도 표정이 늘 밝고 목소리도 크고 씩씩했기에 건강해 보였다. 그런데 죽음이 그녀를 덮쳤다. 그 상냥한 어머니의 심정이 어떨지 생각하자 가슴이 조여들었다.

"도무지 적응이 안 되네."

아키코가 한숨을 쉬었다.

"뭐가요?"

"어릴 적부터 몇 번이나 겪었어요. 같은 병실에 입원한 친구가 죽는 거 말이에요. 그런데도 겪을 때마다 너무 슬프고 힘들어요. 남의 일 같지 않아서 기운이 빠져요. 게다가 병 특성상 몇 명이 연달아 죽을 때도 있잖아요. 누군가를 보낼 때마다 마음이 너무 힘들어요."

아키코가 눈물을 흘렸다.

"아가씨……."

나는 그녀의 손을 잡고 어깨를 쓰다듬어 주었다.

보조 인공 심장은 어디까지나 심장 이식을 기다리는 동안에 취하는 임시방편이기에 평생 달고 살 수는 없었다. 인공 심장으로 연명하는 동안에 이식 순서가 돌아오길 기다려야 하는데, 물론 늦어서 세상을 떠나는 경우도 있다.

보조 인공 심장이라는 용어를 들어도 나 같은 일반인에게는 확 와닿지 않았고 '이식형'이라는 말을 들었을 때는 몸에 완전히 삽입한 게 아닌가 착각했다. 하지만 침대에 기대 있는 아키코의 배에 난 구멍에 인공 심장과 외부 컨트롤러가 케이블을 통해 연결되어 있었다.

이식형 보조 인공 심장이 개발되면서 자택에서 요양을 하고 컨디션이 나아지면 학교나 회사에도 다닐 수 있게 되어 삶의 질이 극적으로 개선된 모양이었다. 하지만 배에 늘 구멍이 뚫려 있다는 사실은 감염되거나 궤양이 생길 위험 부담을 동반한다는 것을 뜻했다. 또한 혈액은 이물질이 닿으면 굳어서 혈전을 쉽게 만들어 색전증과 같은 합병증을 일으킬 가능성도 있다. 따라서 병원에서 주기적으로 검진을 받아야 하며 상태가 악화되면 필수적으로 장기 입원을 해야 한다.

아키코는 혈전이 뇌를 침범하며 가벼운 뇌경색을 일으켰다고 한다. 다행히 후유증이 남지 않아서 지금은 병원에서 상태만 체크받고 있다.

"사과 먹을래요? 오렌지도 사 왔어요."

아키코가 한바탕 울고 나서 진정되었을 때 말을 걸었다. 먹는 건 생각보다 엄격하게 제한받지 않았다. 염분과 지방이 과다하게 포함되어 있거나 혈전방지약 효과를 감소시키는 녹황색 채소나 낫토만 되도록 피하면 뭐든 먹어도 상관없다고 했다.

"네. 먹을래요." 아키코는 눈물을 닦아내고 활짝 웃었다. "토마토도 있어요?"

"모모타로 토마토(다키이 종묘에서 판매하는 토마토의 상품명. 알이 굵은 분홍색 계열 토마토-옮긴이) 사 왔어요. 아가씨가 제일 좋아하는 품종이죠?"

"야호. 역시 언니가 최고예요."

"그리고 빼빼로, 킷캣, 칸초도 사 왔어요."

과일에 이어 과자를 꺼내자 아키코의 눈이 반짝반짝 빛났다. 바깥세상과 거의 단절된 채 살아와서인지 또래보다 훨씬 천진난만하다.

"언닌 내 마음을 너무 잘 알아요. 오빠는 맨날 엉뚱한 것만 사 와요. 빼빼로라고 했는데 다른 걸 사 오질 않나, 칸초라고 했는데 다른 걸 사 오질 않나. 내가 투덜거리면 '다 똑같은 과자잖아?'라고 한다니까요. 과자도 다 다른데 말이죠."

"그러게 말이에요."

"완전 다른데 뭘 몰라요."

둘이서 마주 보고 웃었다.

"다행이에요. 언니 같은 사람이 오빠랑 결혼해줘서."

오렌지와 사과를 깎아서 주자 아키코가 진지하게 말했다. 이런 말을 들으면 마음이 조금 아프다. 하지만 이건 이거고 저건 저거라고 확실히 구분 지으려고 한다.

"마리에 언니보다 훨씬 나아요."

"마리에 언니라뇨?"

전 여자친구인가? 아키코는 아차 싶은 표정을 지었지만

나는 히데오와 관련된 일에는 질투심을 느끼지 않았다.

"그냥 말해도 돼요. 누구예요?"

"오빠가 전에 일하던 병원 외과부장의 딸이에요. 약혼했는데 사건 후에 파혼했어요. 부장님은 엄청 좋은 분인데다 오빠 실력을 인정해 줬어요. 사건이 일어났을 때 서명 운동도 일찌감치 앞장섰어요. 그런데 그런 사람도 역시자기 딸이랑 오빠를 결혼시킨다고 생각하니 꺼림칙했던가봐요. 오빠가 석방된 후에 파혼해달라고 하더라고요."

"그랬군요."

약혼했다는 건 금시초문이었다. 이런 경험을 했기에 나와 결혼하는 것을 망설였을지도 모른다.

"그런데 사건 때문이라고는 확실히 말 안 하더라고요. 딸의 마음이 변했다는 등 연애를 하다 보면 이런 일도 생긴다는 등 변명만 늘어놓더래요. 병원 관계자 중에 오빠편이 많고 일단 오빠가 성인군자로 통했으니까 사건 때문이라고 대놓고 말하기엔 껄끄러웠나 봐요. 물론 뻔한 변명이었어요. 높은 자리에 있는 사람이니 겉으로 하는 말이랑속마음이 다르겠죠. 우리 아빠도 의사협회 간부라 이목을너무 신경 쓰는 바람에 어릴 적부터 너무 갑갑했어요."

"그랬어요?"

"내가 아프니 오빠라도 번듯하게 키워야겠다고 생각했을지도 몰라요. 의대에도 서열이 있으니 꼭 여기에 합격해야 한다고 엄격하게 대했어요. 아빠도 사실 가여운 사람이에요. 엄마도 진행성 암으로 죽었고 나도 이 모양이니 말이에요. 아빠는 오빠라도 훌륭한 의사로 번듯하게 키워야 한다고 압박받았을 거예요. 결국엔 아빠도 병으로 죽었지만요. 인생은 알다가도 모르겠어요."

입에 사과를 가득 집어넣고 인생을 달관한 듯이 말했다.

"그러니 언니 같은 사람이 오빠랑 결혼해줘서 다행이에요. 착하고 요리도 잘하고."

집밥이 그립지 않을까 하는 마음에 가끔 어묵이나 생선찜을 만들어 가져갈 때가 있다. 아키코는 그때마다 활짝 웃으며 맛있게 먹어주었기에 그 미소가 너무 보고 싶어서 다시 만들어 가곤 했다.

"오빠는 참 행복하겠어요. 맛있는 걸 매일 먹으니까."

"퇴원하면 아가씨도 매일 먹을 수 있어요."

"진짜요?"

아키코가 기뻐했다. 그녀가 하는 "진짜요?"라는 말에는 두 가지 의미가 담겨 있다. 하나는 요리를 매일 먹을 수 있냐는 것이고 나머지 하나는 퇴원하면 함께 살 수 있냐는 것이다.

"당연하죠. 그 집은 아가씨 집이잖아요. 난 거기에 얹혀 사는 거나 마찬가지예요."

히데오가 결혼에 어중간한 태도를 취할 때 아키코를 조건으로 결정타를 날렸다. 보조 인공 심장을 단 환자에게는 만에 하나 일어날 기기 오류에 대비해 원칙적으로 24시간 동안 간병인이 붙어 있어야 한다. 예전에는 아버지와 함께 스케줄을 맞춰가며 간호를 했지만, 2년 전에 아버지가 돌아가시고 난 후에는 히데오가 자리를 비울 때는 의료 종사자 동료가 교대로 아키코를 돌봐 주고 있다.

그런데 히데오의 직업 특성상 갑자기 호출을 받을 때가 많아서 간병인을 시간에 딱딱 맞춰 부르지 못할 때가 있었다. 그런 불안감을 떠안고 있었기에 이번에 입원하고 나서 히데오는 아키코를 언제 퇴원시켜야 할지 고민하고 있었다.

"내가 아키코한테 좋은 친구가 되어줄게."

"퇴원해서 집에서 요양하게 되면 평생 내가 돌볼게. 칼로리랑 염분은 낮지만 영양이 듬뿍 담긴 레시피도 많이 아니까."

"간병하려면 인공 심장 기기를 다루는 연습을 해야 한

대. 내가 열심히 공부해 볼게."

예상대로 히데오에게 있어서 아키코는 약점이었는지 아키코 이야기를 꺼내면 꺼낼수록 더 구체적으로 결혼에 대해 생각해 주었다.

하지만 아키코에 대한 내 말은 모두 다 진심이었다. 병상에 있는 아키코가 가여워서 내가 할 수 있는 일은 다 해주고 싶었다.

결혼 전에 인사를 겸해 히데오와 함께 병문안을 갔다. "안 좋은 일이 많아서 오빠가 이제 노총각으로 늙어 죽는 줄 알았어." 눈물을 글썽이던 아키코는 웃으며 "언니, 우리 오빠 잘 부탁드려요" 하고 고개를 숙였다. 그때 나는 히데오에 대한 개인적인 감정을 떠나 아키코를 반드시 소중하게 대해야겠다고 마음먹었다.

"어머, 이건 뭐예요?"

과일 껍질을 버리는데 선반 위에 무언가 장식되어 있는 것이 보였다. 저번에 왔을 때는 없었던 물건이었다. 액자 같았지만 사진이 몇 분마다 바뀌었다.

"디지털 액자예요. 근사하죠? 병문안 선물로 받았어요."

"신기하네요."

"메모리 카드를 꽂으면 사진이 저절로 바뀌어요. 디카

에 들어 있던 메모리 칩을 꽂았더니 엄청 오래된 사진이 나와서 얼마나 웃겼는지 몰라요."

친구와 브이 포즈를 취하고 있는 사진과 벚나무 밑에서 찍은 사진, 교복을 입고 있는 사진도 있었다. 아키코에게도 즐거운 학창 시절이 있었다는 사실에 마음이 놓였다.

"어머, 이 남자는 누구예요? 남자친구예요? 잘생겼네요."

근사한 슈트를 차려입은 남성과 팔짱을 끼고 찍은 사진이었다.

"말도 안 돼요." 아키코가 웃음을 터뜨렸다. "남자친구일 리가 없잖아요."

"어머, 그래요? 꽃미남이라서 남자친구인 줄 알았어요."

"언니도 참. 이 사람 누군지 모르겠어요?"

"네? 저도 아는 사람이에요?"

디지털 액자를 들고 요모조모 뜯어보았다.

"오빠잖아요."

"말도 안 돼요."

아키코가 깔깔대며 웃었다.

"언제더라? 오빠가 국가고시에 합격했을 때였나?"

얼굴도 몸도 슬림했다. 체격만 다른 게 아니라, 갈색으로 염색한 머리나 슈트를 쫙 빼입은 모습이 지금의 히데오라고는 생각할 수 없을 만큼 세련되었다.

"완전히 다른 사람 같아요."

"그렇죠? 이때는 공부는 뒷전인 의대생 도련님 같았어요. 차에 늘 여자들을 태우고 드라이브 다녔었죠."

"어머나……."

고지식해 보이는 히데오에게 이런 시절이 있었을 줄은 꿈에도 몰랐다.

"그런데 레지던트가 된 이후부터 갑자기 착실해졌어요. 머리도 하얗게 세고 옷도 대충 입고 다니고 그 많던 여자 친구들이랑도 다 헤어졌어요. 본격적으로 의사가 되기로 마음먹었구나 싶었어요."

아키코의 말투가 어째서인지 조금 침울했다.

"그랬군요."

유심히 봐도 히데오라고 생각할 수 없었다. 옛날에는 이렇게 멋있었구나.

아키코가 과일을 다 먹고 나서 같이 텔레비전을 봤다. 아무 말도 나누지 않아도 누군가가 자신의 곁에서 시간을 보내주는 것만으로 힐링이 된다고 했다. 또래 여자아이들이 당연히 누리는 것들이 아키코에게는 특별했다. 그런 생각이 들자 앞으로도 최대한 시간을 내서 병문안을 와야겠다 싫었다.

"언니, 고마워요."

저녁이 되어 돌아갈 채비를 하는데 아키코가 말했다.

"뭐가요?"

"바쁠 텐데 일부러 시간 내줘서요."

"별소리를 다 하네요."

"혼자 있으면 늘 불안해요. 이 병에 걸린 지 하루 이틀도 아닌데 말이죠."

"하루 이틀이 아니더라도 불안한 건 당연하죠."

"나…… 얼른 낫고 싶어요. 그런데 갈등도 돼요."

"무슨 소리예요. 왜 갈등돼요?"

"그야…… 내가 낫는 건 누가 죽어서 심장을 얻을 때니까요."

그 말에 심장이 철렁 내려앉았다.

"그건 그렇지만……."

"내가 건강해지길 바라는 건 누가 얼른 죽어달라는 말이나 똑같잖아요."

"그래도……."

"그런데도 난 조금이라도 더 살고 싶어요. 나 못됐죠? 가끔 내가 너무 어리석은 것 같아서 사라지고 싶어요."

"못됐다뇨……. 그런 생각 하지 마요. 저는 소중한 생명의 배턴을 이어받는다고 배웠어요."

보조 인공 심장 다루는 법을 배울 때 간호사가 심장 이식에 대해서 전반적으로 여러 가지를 가르쳐 주었다. 심정지 후와 뇌사 후의 차이점 같은 기본 상식과 해외에 비해 일본에서는 이식 분야가 답보 상태라는 현실 등을 말이다.

"아버님도 장기를 제공하셨다고 들었어요. 생명의 배턴을 넘긴 거죠. 그게 돌고 돌아서 아가씨에게 도착했다고 생각하면 돼요."

아키코와 히데오의 아버지는 뇌간출혈로 세상을 떠나며 살아생전의 의사에 따라 도너가 되었다고 들었다. 가족에게 우선적으로 제공되기 때문에 심장은 아키코에게 이식하면 좋았을 텐데, 안타깝게도 적합하지 않았다고 한다. 참고로 친족 우선 제공 대상으로는 배우자나 부모 자식 사이로 한정되어 있으며 아키코와 히데오와 같은 남매는 인정받지 못한다.

"배턴 이어받기를 기다리는 건 절대 나쁜 게 아니에요. 그렇게 생각하도록 해요. 알겠죠?"

아키코는 힘없이 고개를 끄덕였다. 분명 이런 질문과 대답을 하루에 몇 번이고 반복하고 있을 테다. 반듯하고 착한 아이다. 그래서 마음이 복잡한 것이리라.

안쓰러운 마음으로 나는 병실을 뒤로했다.

병원을 나서자 이미 저녁인데도 머릿속이 끓어오를 만큼 무더웠다. 이래선 건강을 해칠 듯했다. 역까지 가는 길에 이마에 쿨시트를 붙인 남성과 보냉제 주머니가 달린 스카프를 목에 두른 여성도 한둘 보였다. 이렇게 더우면 멋도 뒷전이다. 만약 나도 쿨시트나 쿨스카프를 가지고 있었더라면 두말없이 이마에도, 목에도, 겨드랑이 밑에도 붙이거나 두르고 다녔을 테다.

전철 안에서는 냉방 시설 덕분에 살 것 같았다. 송풍구바로 밑에 서서 몸을 심지까지 차갑게 식히고 나서 집에서제일 가까운 역에서 내렸다. 싸늘할 만큼 식었던 몸은 바깥으로 나오자마자 열기를 받았고 몸에서 땀이 솟구쳤다.

집에서 가장 가까운 역에서 내리면 언덕이 펼쳐진다. 경사가 조금 가파르고 나무도 거의 심겨 있지 않아 그늘이없기에 이런 날은 너무 힘들다. 이글이글 타오르는 석양에맞서듯이 언덕을 간신히 올라가 대문을 열었다. 몸이 나른해서 현관문을 여는 손가락에 힘이 들어가지 않았다. 문에기대 체중을 실어서 열고 마침내 집으로 들어왔다.

거실로 가자마자 에어컨을 켜고 땀을 닦아냈다. 머리가 지끈거렸다. 위가 쓰렸다. 정신적인 문제일까. 아무리 에어컨을 틀고 있어도 땀이 가시지 않았기에 냉장고를 열어 머리를 쑥 집어넣었다. 저녁 식사 재료를 고르고 있는 것뿐이라고 자신에게 변명했다. 다진 고기와 달걀이 눈에 띄어서 햄버그스테이크라도 만들까 멍하니 생각하다 그길로 눈앞이 캄캄해졌다.

눈을 뜨니 침대에 누워 있었다.

천장이 빙글빙글 돌았다. 손만 묘하게 따스해서 이상하다 싶었는데 누군가가 내 손을 잡고 있었다. 히데오였다. 옆에서 근심 어린 표정으로 나를 들여다보고 있었다.

"여보, 이제 정신이 들어? 아, 다행이야. 간 떨어지는 줄 알았어. 퇴근하고 왔더니 당신이 쓰러져 있지 뭐야."

히데오가 퇴근해서 왔을 때 활짝 열린 냉장고 앞에 내가 나자빠져 있었다고 한다. 깨진 달걀이 사방으로 흩어져 있고 다진 고기 팩이 내동댕이쳐져 있어서 순간 누군가에게 습격당했다고 생각해 패닉에 빠졌다고 한다.

"미안. 저녁 준비할게."

일어나려고 하자 그가 내 몸을 도로 누였다.

"무슨 소리야? 지금 저녁이 문제야? 푹 쉬어."

"난 이제 괜찮아."

"이것 때문에라도 안 돼."

히데오가 침대 옆을 가리켰다. 은색 거치대에 걸린 링거의 튜브가 손에 연결되어 있었다.

"집에 이런 게 다 있었어? 전혀 몰랐네."

"아키코가 쓸 때가 있으니까."

"아, 그건 미처 생각 못 했어."

"탈수 증상이더라고. 그래서 영양을 좀 보충하는 편이 나을 것 같았어."

"고마워. 여러모로 미안해."

"됐다니까. 미안해하지 마."

히데오가 다정하게 미소를 지었다. 나는 다시 순순히 침대에 누웠다. 어차피 몸이 뜻대로 움직여 주지 않았기 때문이다.

"더우니까 이럴 만하지. 건물이나 전철 안에는 냉방이 너무 빵빵하고 말이야. 그럼 몸이 상하기 마련이야. 더위를 먹어서겠지만, 쓰러지기 전에 증상이 어땠는지 기억해?"

"글쎄…… 머리가 지끈거렸던 건 기억해. 그리고 위가 쿡쿡 쑤셨어."

"어느 부위가?"

히데오가 이불 속에 손을 집어넣어 배를 눌렀다.

"응. 그러고 보니 조금 더 밑에도 아팠던 것 같아."

"누르니 아파?"

손가락 몇 개가 쑥 파고들었다.

"아니, 별로."

"여기는? 여기는 어때?"

손가락 위치를 바꿔가며 히데오가 확인해 나갔다. 그때
마다 나는 조금 아프다든지 당기는 느낌이 든다고 대답했
다. 배를 전체적으로 촉진하고 나서 히데오는 혈압계를 꺼
내 내 팔에 두툼한 벨트를 감기 시작했다.

"여보, 화장실은 규칙적으로 가고 있어?"

"응?"

"매일 잘 가고 있어? 아니면 며칠에 한 번꼴로 가?"

"아…… 며칠에 한 번꼴로 가나?"

"변비기가 좀 있나 보네."

혈압을 재면서 히데오는 진지한 표정으로 고개를 끄덕
였다.

"변 상태는 어때? 바나나 모양이야? 뚝뚝 끊어져서 나
와? 아니면 물러?"

그런 것까지 대답해야 하나 생각하면서 우선 대답했다.

"글쎄…… 굳이 따지자면 단단한 것 같아."

"색깔은? 피가 섞여 나오면 금방 알아차렸겠지만, 반대로 검은 편은 아니었어?"

"보통……이었던 것 같은데?"

"화장실에 가면 바로 나와? 아니면 화장실에 오래 앉아 있어야 해? 냄새는 어때? 이상한 냄새는 안 났어?"

역시 대답하기 곤란해서 입을 꾹 다물고 있자 마침내 내가 난처해하고 있다는 사실을 알아차렸는지 히데오가 머리를 긁적였다.

"미안…… 아내한테 꼬치꼬치 캐물을 질문은 아닌 것 같네."

"내 생각도 그래"

나는 쓴웃음으로 대답을 대신했다.

"그런데 난 너무 걱정이 돼. 위장에서 출혈이 일어난 건 아닌지 걱정돼. 내 아내니까 더 그런 거야."

"그렇다고 해도 그런 질문에는 대답하기가 참 부끄럽네."

"나랑 협력하는 병원에 가서 진찰받을래?"

"그럴 필요까진 없어. 아마 그냥 피로가 쌓여서 그럴 거야."

"그래도……."

"당신도 프로잖아. 심각한지 아닌지 정도는 알 거 아냐?"

"그건 그래."

그쯤에서 히데오가 갑자기 할 말을 잃은 듯했다.

"당신한테 무슨 일이 생긴 줄 알고……."

갑자기 히데오의 눈에 눈물이 글썽했기 때문에 나는 흠 칫하고 놀랐다.

"미안" 하고 히데오가 코를 훌쩍였다. "쓰러져 있는 당 신을 보고 머릿속이 백지장처럼 하얘졌어. 간신히 함께하 게 됐는데 나는 이제 어쩌나 싶더라고. 당신이 말한 대로 의사인 내가 이러면 안 되는데 말이야."

부끄러운 듯이 눈가를 닦아내는 히데오를 보고 나는 갑 자기 깨달았다.

이 사람은 나를 진심으로 사랑하는구나.

히데오에게 이 결혼은 이해타산적일 거라고 생각했다. 아키코의 병문안. 퇴원 후에 이어질 병간호. 사회적인 신 용. 그리고 집안 살림. 그런 이유로 그가 결혼한다고 해도 상관없었다. 우선 결혼만 하면 된다고 생각했다.

하지만 아무래도 히데오는 진심으로 나를 사랑하는 모 양이다.

"맞다, 배 안 고파? 속을 든든하게 채우는 게 나을 거야. 죽 먹을래? 당신만큼 요리 솜씨가 좋지는 않지만 실력 좀 발휘해 볼까?"

"응. 죽은 먹을 수 있겠어."

"잠시만. 얼른 만들어 올게."

히데오가 아래층으로 내려갔다. 잠시 후에 통통통통 하고 재료를 칼로 써는 소리가 들렸다. 누군가가 부엌에 서 있다니 대체 몇 년 만이지? 나를 위해 칼질하는 소리는 이렇게도 마음을 평온하게 만드는구나.

멍하니 누워 있자 히데오가 김이 모락모락 나는 그릇을 쟁반에 얹어서 돌아왔다. 히데오는 내 몸을 천천히 일으켜 세우더니 등 뒤에 베개를 자상하게 받쳐주었다.

썬 파와 잘게 찢은 매실장아찌를 뿌린 죽에 달걀이 올라가 있었다. 숟가락으로 퍼서 한 입 먹었다.

"어때?"

"맛있어. 육수도 잘 냈고 간도 딱 적당하네. 달걀도 살살 녹아."

"정말? 맛없으면 맛없다 해도 되는데."

그렇게 말하면서도 히데오는 기뻐 보였다.

다 먹은 후에 꾸벅꾸벅 졸다가 어느새 잠이 들었다. 한밤중에 문득 눈을 뜨니 히데오는 여전히 뜬눈으로 의자에 앉아 나를 간호하고 있었다. 온종일 일해서 피곤할 텐데. 나와 눈이 마주치자 자상하게 미소 지어주었다.

"차라도 마실래?"

"아니, 괜찮아."

"발이 좀 차네."

이불 속에 있는 내 발을 그가 양손으로 천천히 주물러주었다. 그의 큼지막한 손이 내 발을 감싸자 나는 또다시 눈꺼풀이 천근만근 무거워졌다.

아, 포근해.

왠지 마음이 놓였다.

잠이 들려 하다가 흠칫했다.

내가 지금 대체 무슨 생각을 하는 거지?

남편을 죽인 사람이 나에게 베푼 자상함에 마음이 녹아내리다니.

몸이 안 좋아서인가? 마음이 약해져서인가?

아무리 그래도.

아무리 그래도 이건 말도 안 된다.

다다토키를 배신하는 일이다.

"왜 그래?"

"아니. 아무것도 아냐. 당신도 이제 눈 좀 붙여. 발은 그만 주물러줘도 되니까."

"이 정도는 아무것도 아냐."

"난 괜찮다니까."

일부러 살짝 매정하게 말하고 나는 이불을 머리끝까지 뒤집어썼다. 히데오의 손이 발에서 스르륵 멀어져갔다. 히데오가 의자에서 일어나 곁에 눕는 것을 기척으로 알 수 있었다.

심란한 마음에 당혹스럽고 짜증이 나서 나는 입술을 잘근잘근 씹었다.

희미한 빛에 눈을 뜨자 커튼 사이에서 아침 햇살이 비쳐들었다. 몸을 천천히 일으켰다. 머리가 지끈거리지도 무겁지도 않았고 빈혈도 사라졌다. 허기가 졌다. 몸은 완전히 회복된 듯했다.

시계를 보니 11시가 지나 있었다. 히데오는 이미 나갔겠지. 우선 배를 채우려고 침대에서 빠져나와 계단을 내려갔다.

계단 밑에서 툭 하는 소리가 났다. 나는 무심코 발걸음을 멈추었다. 이어서 무언가가 부스럭대는 소리가 들렸다.

─누가 있어.

긴장감에 휩싸여 심장이 쿵쾅거렸다. 히데오가 문단속을 깜박한 건가. 어떻게 해야 하나 초조해하고 있는데 이번에는 말소리가 들렸다.

"응, 응…… 그렇지. 혈압이 그 정도로만 유지되면 문제없어. 내일 꼭 찾아뵙겠다고 전해드려. 그럼 부탁할게."

히데오의 목소리였다. 계단을 내려가 거실을 들여다보자 때마침 스마트폰을 귀에서 떼서 통화 종료 버튼을 누르는 히데오와 눈이 마주쳤다.

"여보, 잘 잤어?"

히데오가 미소 지었다.

"안 갔어……?"

"응?"

"일 말이야."

"아, 오늘은 쉬기로 했어. 당신이 쓰러졌으니 걱정돼서 집을 비울 수가 있어야지."

"대체 왜……."

"신경 쓰지 마. 나 말고도 방문 진료하는 선생님이 한 분 더 계시니까."

"그래도 당신한테 진찰받고 싶어 하는 환자가 있잖아."

"그런 분들한테는 내가 직접 전화드렸어. 사정을 설명하니 이해해 주셨어. 오히려 아내 옆에 있어 주라고 신신당부하시더라고. 가족이 아프면 얼마나 힘든지, 건강한 게 얼마나 고마운 일인지 다른 사람들보다 배로 이해해 주는 분들이 대부분이야."

"그런데 난 이제 정말 괜찮아."

"신경 쓰지 말라니까."

히데오가 안심시키듯이 밝게 웃었다.

"여보, 이럴 때는 나한테 의지해도 돼. 늘 여러모로 참고 지내잖아."

자택에서 치료를 받는 환자 중에는 말기 환자들이 적지 않다. 결혼한 지 얼마 되지 않았을 무렵에는 히데오도 주말에 쉬었지만, 머지않아 국경일이든 한밤중이든 긴급 호출을 받으면 서둘러 나갔기에 휴일다운 휴일은 거의 사라졌다고 봐도 무방했다. 히데오는 마음에 걸렸는지 몰라도 나로서는 그가 집을 비우는 편이 상황이 유리했고, 얼굴을 보지 않아도 되는 시간이 긴 편이 홀가분했기에 "당신은 다른 사람들에게 꼭 필요한 사람이잖아. 언제든지 가도 돼"라고 매번 방긋방긋 웃으며 배웅해 주었다. 그런 내가 히데오의 눈에는 참고 있는 것처럼 보였던 건가.

"배고프지? 우선 앉아서 쉬어."

히데오가 토스트와 달걀프라이를 만들어주었다. 먹고 있는데 히데오가 곁에 앉아 내 머리를 쓰다듬었다.

"아, 역시 작은 혹이 생겼네."

"어머, 그래?"

나도 뒤통수를 더듬었다.

"응. 그래도 작아서 다행이야. 에리가 뒤로 쓰러졌어도 때마침 매트가 깔려 있던 게 행운이었어. 게다가 우리 집 매트는 두껍고 폭신폭신하잖아. 그렇지 않았더라면 더 큰 혹이 생겼을지도 모르고 머리가 깨지거나 뇌가 손상됐을지도 몰라."

"큰일 날 뻔했네. 그런데 혹이 생겨서 다행이지? 뇌출혈은 없다는 증거잖아?"

"그건 미신이야." 히데오의 표정이 진지해졌다. "우선 혹이 뭔지 알아? 그 볼록한 부분의 안에는 뭐가 있을 것 같아?"

"뭐가 있냐니? …… 글쎄, 생각해 본 적이 없어."

"그 안엔 피가 고여 있어."

"정말?"

"머리는 몸과 달라서 근육이랑 지방이 적잖아? 몸은 모세혈관에서 출혈이 생기면 퍼져서 멍이 들지만 머리에는 퍼져 나갈 곳이 없어. 그래서 피부를 끌어모아 혹을 만드는 거지. 혹은 의학 용어로는 피하혈종이라고 해."

"핏덩어리라는 거네?"

"맞아. 혈종이 생길 만큼 충격을 받았다면 두개골도 손상됐을 가능성이 있어. 그래서 혹이 생겼으니 안심하는 건 큰 오산이지. 혹이 안 생기는 게 제일이야."

"그렇구나."

"혹시 모르니 CT라도 찍을래?"

"괜찮다니까."

"우선 하룻밤 동안 상태를 지켜봤는데 구토 증상이 없었으니 다행이야. 혹도 단단하고 말이지."

"단단한 게 중요해?"

"응. 말랑말랑한 혹은 피하혈종이 아니라 모상건막하혈종이라고 불러."

"모상…… 뭐라고?"

"모상건막하혈종. 모상건막이라는 건 두피와 두개골 사이에 있는 섬유 조직인데……."

거기까지 말하다 히데오가 멈추었다.

"미안. 또 깜박했네. 이런 이야기 재미없지?"

"아냐. 계속 말해. 재미있어."

"정말?"

"응."

그렇게 대답하면서 스스로도 의아했다. 어째서인지 히데오가 하는 이야기를 더 들어보고 싶었다. 지금까지는 속으로 짜증을 내며 흘려들었는데.

"와, 왠지 의욕이 샘솟는데? 그리고 말이지."

그가 바로 활짝 웃으며 이어서 말했다.

"모상건막은 두개골을 모자처럼 감싸고 있어서 그런 이름이 붙었어. 그래서 말랑말랑한 혹은 그 건막 밑, 즉 피하보다 더 두개골에 가까운 곳에서 출혈이 일어나 피가 흡수되지 않고 고여 있는 상태를 말하는 거지. 그래서 단단한 혹보다 더 심각한 거야."

"혹에도 종류가 있는 줄 몰랐네."

"보통은 모르고 살지."

히데오가 큭큭 웃었다.

"그래도 혹에 대해 잘 알아두는 편이 좋아. 앞으로 애가 생기면 넘어지거나 높은 곳에서 떨어지는 일이 일상다반사일 테니까."

히데오가 자연스럽게 꺼낸 말에 흠칫했다.

"왜 그래?"

"아니…… 아무것도 아냐."

이 사람은 나와 함께할 미래를 그리고 있다.

히데오의 해맑은 미소를 바라보다가 가슴이 조여드는 감각에 휩싸였다.

이 감정은 대체 뭐지? 죄책감인가?

대체 왜 이런 감정을 느끼는 거지?

신체 건강한 남녀가 결혼해서 부부 생활을 하다 보면 당연히 펼쳐질 미래다. 하지만 나는 피임약을 먹고 있고, 그의 아이를 가질 마음이 있을 리가 없었다.

히데오는 모른다.

내가 그를 증오한다는 사실을.

애초에 미래를 가꿔나갈 마음 따윈 없다는 사실을.

함정에 빠뜨리겠다는 생각만 머릿속에 가득 차 있다는 사실을.

"애들이 왜 잘 넘어지는지 알아? 성장하면 8등신에 가까워지지만 애들은 4등신이잖아. 중심이 위에 있어서 균형을 잡지 못해 머리부터 박는 거야. 그래서 걷기 시작하면 한시도 눈을 뗄 수 없는 거지."

마치 그곳에 자신의 아이가 있는 것처럼 그는 눈을 가늘게 떴다.

"그런 시점에서 우리 집을 둘러보면 위험천만한 물건들 천지야. 티 테이블은 유리고 뾰족하기까지 해. 받침대도 위험천만하고 말이지. 아, 바닥에는 카펫을 까는 편이 좋을 거야. 그리고……."

이 사람의 말에 이렇게 온기가 담겨 있었던가.

이렇게 자상한 표정을 짓는 사람이었던가.

나는 대답조차 깜박 잊고 단지 멍하니 히데오가 이어서 하는 말을 듣고 있었다.

"…… 여보 왜 그래? 달걀프라이 남았는데. 어디 아파?"

그가 부르는 소리에 정신을 차리자 히데오가 걱정스럽다는 듯이 내 얼굴을 들여다보고 있었다.

"아니. 괜찮아."

나는 달걀프라이를 서둘러 입에 넣었다.

"억지로 안 들어도 돼. 누울래?"

"진짜 괜찮아."

히데오가 양손으로 내 뺨을 감싸 끌어당겼다. 키스라도 하려는가 싶었는데 이마에 이마를 갖다 댔다.

"음…… 열은 없네."

심장 박동이 빨라졌다. 이 사람과 몇 번이나 몸을 섞었는데 갑자기 두근거리다니.

"열 안 나."

나는 얼굴을 다급히 치웠다. 히데오의 손이 아쉽다는 듯이 뺨을 어루만진 후 멀어졌다.

"정말 괜찮아?"

"그렇다니까."

"평소대로 생활할 수 있겠어?"

"응. 이거 다 먹고 빨래하고 청소기나 돌려야겠어. 점심은 내가 차릴게."

"그냥 쉬어. 집안일 안 해도 돼. 그런 뜻으로 한 말이 아니라 몸이 괜찮으면 같이 외출이나 할까 싶어서."

"외출이라니? 어디로?"

"어디든지 상관없어. 영화관도 좋고."

"영화관? 갑자기 왜?"

"갑자기 왜라니……. 데이트하는 데 이유가 필요해?"

히데오가 천진난만한 눈으로 나를 바라보았다.

"데이트?"

"응, 데이트. 같이 살기 시작하고 나서는 오히려 데이트한 적이 없잖아. 오랜만에 어디든 가보자. 그래서 맛있는 것도 먹고 들어오자."

"그런데…… 그럴 바엔 일하러 가는 편이 낫지 않아?"

"무슨 소리야." 히데오가 뾰로통한 표정을 지었다. "평일에 쉬는 일이 흔한 줄 알아? 쉴 수 있을 땐 쉬어야지. 분명 영화관도 레스토랑도 텅텅 비어 있을 거야. 평일 휴무를 만끽할 권리도 있으니까."

"…… 그러자. 그럼 옷 갈아입고 올게."

"벌써부터 신나네! 뒷정리는 내가 할 테니 천천히 준비해. 설레라. 요즘엔 어떤 영화가 상영되고 있는지 알아볼게."

들뜬 채 그릇을 싱크대로 옮기기 시작한 히데오를 힐끗 쳐다보고 나는 일어나 2층 방으로 갔다.

화장대 앞에 앉아 얼굴에 베이스와 파운데이션을 꼼꼼하게 발랐다. 눈썹을 다듬고 아이라인을 또렷하게 그리고 립스틱을 칠했다. 아이섀도와 볼 터치도 가볍게 했다.

그러고 나서 거울 앞에서 옷을 이것저것 갖다 대보았다. 마 소재의 맥시 원피스는 어떨까? 아니, 크림옐로 선드레스가 얼굴에 더 잘 받지 않을까. 아니면 남색 볼레로가 나을까? 이 옷을 입으면 쇄골 라인이 예뻐 보이고 몸매가 드러날 테다. 꽃무늬 플레어스커트랑 맞춰 입으면—.

옷장을 헤집던 손길을 문득 멈추었다.

어째서 히데오를 위해 꾸미려는 걸까. 게다가 정성을 들여서 한 이 화장은 뭐지?

나는 옷장을 닫고 서랍에서 무난한 티셔츠를 꺼냈다. 로고도 박혀 있지 않은 흰 티셔츠를 입고 낡은 청바지를 입었다. 그리고 다시 화장대에 앉아 클렌징 솜으로 화장을 지웠다. 맨얼굴로 돌아오고 나서 1층으로 내려갔다.

"여보, 스필버그 감독이 입이 마르게 칭찬했다는 영화가 있네. 그거 볼래?"

스마트폰을 만지작거리던 히데오는 내가 선물한 폴로셔츠로 갈아입은 상태였다. 결혼하기 전에 생일 선물로 준 명품 셔츠였다. 투자하는 셈 치고 돈을 좀 썼다. 평소에는 옷차림에 전혀 신경을 쓰지 않던 그가 이 옷을 입었다는 것은 이 데이트를 무척이나 기대하고 있다는 뜻이다.

"난 괜찮지만 당신은 이런 영화 별로 안 좋아하잖아."

"오랜만에 하는 데이트잖아. 게다가 결혼 전에는 내가 고른 재미없는 영화도 당신이 같이 봐 줬고 말이지. 따분했을 텐데."

"어머, 알고 있었어?"

"그야 늘 하품했었으니까."

히데오가 큭큭 웃었다.

히데오는 내 초라한 옷차림을 신경 쓰는 기색도 없이 "슬슬 가볼까?" 하고 경쾌하게 현관으로 향했다.

쨍쨍 내리쬐는 햇살 속에서 큰 도로로 나가 택시를 잡아타고 영화관으로 갔다. 영화관은 전철 세 정거장 뒤에 자리한 대형 쇼핑몰에 입점해 있었다. 걸어가도 되니 전철을 타자고 했지만 "날이 푹푹 찌잖아. 몸이 또 상하면 어쩌려고"라며 히데오는 물러서지 않았다.

택시 뒷좌석에 나란히 앉아 있는데 아주 자연스럽게 히데오가 손을 잡았다. 나는 묘하게 허둥댔고 이미 익숙해질 대로 익숙해진 침묵이 괜히 신경 쓰였다.

"저기 말이야."

할 말도 없는데 침묵을 깨고 싶어서 무작정 말을 걸었다. 창밖을 바라보던 히데오가 "왜?" 하고 이쪽을 바라보았다. 서둘러 화젯거리를 찾았다.

"그러고 보니 당신은 왜 운전 안 해?"

"응? 왜냐니…… 차 샀으면 좋겠어?"

"아니. 그냥 불편하지 않나 싶어서. 옛날에는 잘 몰고 다녔다고 아가씨가 말해 줬거든. 차로 방문 진료하는 편이 편할 텐데 자전거만 타고 다니잖아. 언덕도 있는데. 혼잡한 도시라면 차보다 전철이나 자전거를 타고 다니는 편이 접근성이 좋겠지만 여기는 외곽 지역이기도 하고."

"핸들을 쥐면 괜히 신경이 날카로워지잖아. 진료 말고 다른 데 힘을 쓰긴 싫어."

"아, 그렇구나."

그런 이야기를 나누다 보니 목적지에 도착했다.

택시에서 내려 영화관까지 걸어갈 때도 히데오는 나와 계속 손을 잡고 있었다. 좌석에 앉아 있을 때도 팔걸이에 놓인 내 팔에 그는 팔을 아주 자연스럽게 감았다. 영화가 시작되자 중요한 순간마다 그가 내게 귓속말을 했지만 내 귀에 전혀 들어오지 않았다. 물론 영화 내용도 머릿속에 거의 들어오지 않아 스크린만 멍하니 보고 있었다.

"엄청 재미있더라. 할리우드 영화도 가끔 보니 좋네."

역시 손을 잡고 영화관을 나서면서 히데오가 말했다.

액션은 화려했지만 참신하지는 않았다. 그래도 할리우드 스타가 주연으로 출연한 대작은 당연히 재미있을 거라는 단순한 발상을 가진 히데오는 영화를 즐겁게 감상한 듯했다.

"당신은 어땠어?"

"난…… 글쎄." 별다른 느낌이 없었다. 그래서 당황하며 어떤 영화에든 해당될 법한 무난한 대답을 했다. "악역이 멋있었어."

"아, 연기 잘하더라. 카리스마 넘쳤어."

엉뚱한 대답을 하지 않았다는 사실에 마음을 놓았다. 그러고 나서도 히데오는 장황하게 영화 감상평을 이어갔다.

"여보, 배 안 고파? 지금이라면 아슬아슬하게 런치타임에 맞춰갈 수 있을 것 같은데."

"응. 뭐라도 먹자."

허기는 지지 않았지만 흔쾌히 대답했다. 설마 레스토랑에서는 테이블 너머로 손을 잡지는 않겠지.

쇼핑몰에서 나와 고급스러운 이탈리아 레스토랑에 들어갔다. 마주 앉자 예상대로 손이 마침내 자유로워졌다.

"와인을 한잔하고 싶지만 어제 그런 일이 있었으니 참아야지. 무알코올 칵테일은 어때?"

"마음대로 주문해. 요리도 알아서 주문하고."

"알겠어."

파스타와 피자, 스테이크가 큰 접시에 나왔다. 작은 접시에 덜어주거나 다 쓴 접시를 치워주느라 히데오의 손은 쉴 틈 없었다. 오랜만에 외출을 해서 신이 난 모양이었다.

"이제 어떻게 할래? 가고 싶은 곳 없어?"

디저트를 먹으며 히데오가 물었다.

"이걸로 충분해. 몸도 피곤하니 집에 가자."

"피곤해? 괜찮아?"

그가 순간 불안한 표정을 지었다.

"괜찮다니까. 걱정도 팔자야."

"알겠어. 무리하면 안 돼. 몸이 힘들면 바로 말하고."

내가 하는 말과 행동에 그는 일희일비한다. 표정이 바로 바로 바뀐다. 내 존재가 누군가의 중심에 늘 있다는 건 참으로 기쁜 일이다.

"여보, 생크림 묻었어."

"거짓말, 어디?"

"여기."

히데오가 냅킨으로 입가를 닦아주었다. 마치 어린아이로 돌아간 듯이 마음이 평온해졌다.

"아, 당신도 초콜릿 묻었어."

"어디?"

"턱에."

손을 뻗어 냅킨으로 닦아주자 히데오가 쑥스러운 듯이 웃었다.

이렇게 다른 남자와 즐거운 시간을 보내고 있다는 생각

에 다다토키에게 미안한 마음이 들었다. 하지만 곧바로 그런 자신에게 위화감이 느껴졌다.

지금까지 히데오와 아무리 데이트를 하고 친밀한 시간을 보내도 다다토키에게 미안한 마음이 들지 않았다. 그 이유는 늘 절대적으로 다다토키를 위해 행동하고 있었기 때문이다. 간접적으로나마 다다토키에게 최선을 다하고 있다는 자신감이 있었기 때문이다.

하지만 지금은 떳떳하지 못한 마음만 가득했다. 그건 분명 오늘 하루가 무척이나 즐겁기 때문이다. 히데오와 함께한 외출을 만끽하고 있기 때문이다.

미쳤어.

즐기고 있는 자신에게 마음속으로 경고했다.

목적을 잊어서는 안 돼.

무엇을 위해 여기에 있는지 잊어서는 안 된다.

"역시 기운이 없어 보이네."

갑자기 웃음기가 싹 가신 나를 보며 히데오의 표정이 걱정스러운 듯이 어두워졌다.

"빨리 가자. 계산하고 올 테니 앉아서 기다려."

히데오가 일어나 테이블에서 멀어져갔다.

사태가 이 지경까지 왔는데도 히데오가 걱정해 주는 게

기뻤다. 그런 자신을 혐오하며 나는 의자에 축 늘어져 있었다.

레스토랑에서 나와 택시를 잡으려고 도로로 나아갔다. 히데오가 아니나 다를까 손을 잡으려고 하는 그때 등 뒤에서 급브레이크를 밟는 소리가 이어지며 굉음이 울려 퍼졌다. 돌아보니 대형 오토바이가 전신주를 들이박아 운전자로 보이는 남성이 멀리 튕겨 나가 있었다. 헬멧을 쓴 남성은 꼼짝도 하지 못했고 도로에 피가 서서히 퍼져 나갔다. "사고야!"라고 누군가가 비명을 질렀다.

오토바이 운전자를 보고 마치 다다토키가 피를 흘리며 쓰러져 있는 듯한 착각이 들어 우두커니 서 있는데, 내 옆에서 히데오가 잽싸게 달려갔다. 남자 옆에 웅크리고 앉아 끙끙대며 헬멧을 벗기려고 하며 "누가 구급차 좀 빨리 불러주세요!" 하고 외쳤다. 군중 속에서 몇 사람이 정신을 차렸는지 휴대전화를 들었다.

"전화는 한 사람만 거세요! 빨간 티셔츠를 입은 당신이 걸어주세요!"

히데오가 지명한 빨간 티셔츠를 입은 여성이 허겁지겁 신고를 했다. "여보세요? 오토바이 사고가 났어요. 남자가 의식이 없는 것 같고 피가……."

"증상은 나중에 설명해도 돼요! 우선 장소부터 알려줘요! 바로 출동해야 하니까!"

지시를 내리면서도 히데오는 손을 척척 움직이며 남성의 동공을 확인하거나 가슴에 귀를 대고 있었다. 팔꿈치 윗부분에서 출혈이 나는 것을 알아내더니 심장보다 높은 위치에 팔을 올려놓고 자신이 입고 있던 폴로셔츠를 벗어 상처를 압박했다.

"누가 이 부분 좀 눌러주세요! 혈액에 닿으면 안 되니 비닐이든 뭐든 좋으니 손에 껴요!"

편의점 비닐봉지를 들고 있던 청년이 봉지에서 상품을 내던지다시피 꺼내고 서둘러 히데오의 지시에 따랐다. 그에게 체중을 실어 압박하게 하고 러닝셔츠 한 장만 걸친 히데오는 남성의 가슴 위에 양손을 포개어 규칙적으로 누르기 시작했다.

몇 번인가 누르고 나더니 이번에는 남성의 코를 잡고 입을 열어 자신의 입으로 틀어막았다. 숨을 크게 불어넣자 남자의 몸이 부풀어 올랐다. 그러고 나서 다시 심장 마사지를 하기 시작했다.

"제발 숨 좀 쉬어줘요."

땀을 뻘뻘 흘리면서도 심장을 마사지하고 인공호흡을 다시 했다. 몇 번인가 반복하는 동안에 갑자기 남자가 콜록댔다.

"살았다!"

어느새 더 몰려들었던 인파가 환호성을 질렀다. 히데오는 한숨 돌렸는지 땀을 닦아내고 지혈을 거들어준 청년을 보내고 나서 직접 압박하기 시작했다.

"성함과 생년월일, 기억나세요?"

남성이 힘겨운 목소리로 대답하자 히데오는 "의식은 또렷하네요. 구급차가 금방 올 거예요. 이제 괜찮아요"라고 격려했다.

구급차가 마침내 도착했고 구급대원이 들것을 가지고 왔다. 그러다 대원들이 "아, 구보카와치 선생님!" 하고 놀란 표정을 지었다.

"다행이군. 자네들이 와줘서 든든해. 35세 남성. 오토바이 사고로 인한 전신 타박. 일시적으로 심폐 정지 상태가 왔지만 CPR로 회생했고 호흡도 정상으로 돌아왔어. 오른팔 위 바깥 부분에 봉합 가능한 열상을 입었어. 대형 병원에 연락해서 수속 밟을 수 있는지 확인 부탁해."

"알겠습니다."

한 사람이 휴대전화로 연락하기 시작하자 나머지 대원들이 남성을 들것에 실었다.

"선생님, 긴급 수술이 들어와서 손이 모자란다고 하네요. 수용하기 어렵다고 합니다."

"전화 좀 바꿔줘."

히데오가 전화를 받더니 따발총처럼 상황을 전달했다.

"구보카와치입니다. 병실은 비어 있나요? 의료진만 부족하다는 거죠? 그럼 제가 집도하겠습니다. 아니, 수술실은 필요 없습니다. …… 감사합니다, 그럼 부탁드리겠습니다. 아, 혹시 모르니 수혈도 준비해 주세요."

히데오는 전화를 끊더니 들것째로 구급차에 실려 있는 남성과 함께 올라탔다. 뒷문이 닫히고 사이렌 소리를 내며 구급차가 달려갔다. 상황을 처음부터 끝까지 지켜보던 구경꾼들은 다들 안도하며 흩어져갔다.

모두가 사라져도 나는 그 자리에 혼자 우두커니 서 있었다.

그렇게 한 가지에 몰두하는 히데오는 처음 봤다.

필사적으로 목숨을 대하던 그의 눈에 내 모습은 조금도 비치지 않았다. 그의 머릿속에는 오로지 오토바이 운전자를 구하겠다는 생각밖에 없었다. 남편이기에 앞서 의사로

서 진실된 사람이다.

그런 히데오의 진지한 모습이 진심으로 존경스러웠다. 그리고 분명 지금까지 히데오는 그렇게 많은 사람들을 구해왔겠지. 진정한 영웅이다.

오토바이 사고를 당한 남성이 다다토키의 모습과 겹쳐 보여 마치 히데오가 다다토키를 구한 것 같았다. 실제로 다다토키가 추락했을 때 히데오가 열심히 목숨을 구하려고 했던 장면이 목격되었다.

내 마음속에 처음으로 궁금증이 일었다.

그런 사람이 다른 이를 죽일 수 있을까.

혼자서 집으로 돌아와 샤워를 하고 소파에 멍하니 앉아 있는데 히데오가 귀가했다.

"여보, 혼자 내버려 두고 가서 미안."

그가 내 눈치를 보며 거실로 들어왔다. 구급차에 올라탔을 때는 피가 묻은 러닝을 입고 있었지만 지금은 깨끗한 와이셔츠를 입고 있었다. 병원 로커에 있던 여분의 옷으로 갈아입은 듯했다.

"모처럼 같이 외출했는데 정말 미안. 그때는 정신이 없어서 아무것도 안 보이더라고."

"무슨 소리야. 화를 왜 내. 당신은 사람을 구했어. 그 사람은 이제 괜찮아?"

내 반응에 히데오가 안심하는 표정을 지었다.

"응, 괜찮아. 출혈은 꽤 심했지만 동맥은 멀쩡했거든. 출혈에 비해 상처도 깊지 않아서 봉합 수술도 금방 끝났어. CT에도 이상 없었고. 골절도 없었어."

"다행이네."

"응……. 그리고 폴로셔츠, 엉망으로 만들어서 미안. 신경 써서 선물해 줬는데."

"그게 뭐가 중요해. 도움이 됐으니 다행이잖아."

"난 패션에 신경 안 쓰는 편인데 그건 꽤 마음에 들었거든. 당신이 내 생각하며 골라 줬다는 게 너무 기뻐서. 그런데……."

"옷은 다시 사면 돼. 오히려 소중한 물건을 남을 위해 망설이지 않고 내놓는 사람이 더 대단하지. 당신이 그런 사람이라서 다행이야."

"그렇게 생각해 주니 고마워……."

"피곤하지? 차라도 한잔할래?"

부엌으로 가려고 하는데 그가 뒤에서 나를 갑자기 끌어안았다.

"그리고 또 당신한테 사과할 게 있어."

히데오가 내 머리카락에 얼굴을 파묻었다.

"아이 말이야……."

"응?"

"오늘 아침에 내가 아이 얘기를 꺼냈잖아. 그런데 그 이후로 당신이 계속 기운 없어 보이더라고. 설레발친 것 같아서 미안했어."

"아니, 잠깐만."

"당신 입장에서는 아키코가 퇴원하면 집안일이 더 힘들어질 테니 그럴 경황이 없을 텐데. 당신을 더 배려했더라면 알 수 있었을 텐데 내가 너무 무신경했어. 미안. 이제 아이가 갖고 싶다는 소리는 안 할게."

"잠깐만. 그게 아니라니까."

말하고 나서 스스로도 놀랐다.

아니라고?

아니라니 무슨 소리야?

"나…… 나는……."

히데오의 손을 살며시 놓고 똑바로 마주 보았다.

평생 꿈이었다. 한 번 잃은 아이를 또다시 가지게 되어 내 품에 안는 게. 그리고 그 꿈속에서 내 곁에서 웃고 있는 사람은 다다토키였다. 늘 우리 셋을 꿈에 그리고 있었다.

그런데 지금 머릿속에서 내 아이의 곁에서 미소 짓고 있는 사람은.

그렇다. 나는 상상하기 시작한 것이다. 히데오와 아이를 낳아 기르는 삶을.

용납될 수 없는 일이다.

"…… 그러네, 애를 안 낳겠다는 건 아니지만 아직 생각할 여력이 없긴 해."

아니라는 말에 이어지는 말이 긍정적이기를 기대했는지 히데오는 조금 실망한 표정을 지었다. 하지만 이내 "응, 당신이 낳고 싶을 때 다시 이야기하자"라며 미소를 지었다.

"차는 내가 탈게. 당신은 앉아 있어."

"괜찮아."

"그냥 앉아 있어. 아내를 내팽개친 벌이니까."

"알겠어. 부탁할게."

나는 순순히 소파에 앉아 부엌에서 물을 끓이고 찻잎을 준비하는 히데오의 모습을 바라보았다.

"맞다, 수납함에 바움쿠헨 있어. 마들렌도 남아 있을걸? 먹을래?"

"바움쿠헨에 마들렌? 맛있겠다. 둘 다 내가 좋아하는 건데."

히데오가 수납함을 열더니 "와아" 하고 환호성을 질렀다.

"나뭇잎 파이에 쿠키도 있잖아. 뭐야 이거, 엄청 고급스럽다."

"환자분이 주신 거야. 당신이 가지고 왔잖아. 좀 됐지만."

"응? 그랬어? 그런데 왜 처박아뒀어? 당신 혼자 먹으려고 했구나."

"그냥 까먹었어. 치사한 사람 만들지 마."

"당신 혼자 먹으면 뚱뚱해질 거야."

히데오가 볼에 바람을 빵빵하게 집어넣자 무심코 웃음이 터져 나왔다.

"혼자 몰래 안 먹는다니까."

"당신이 살쪄도 난 상관없지만."

낱개로 포장된 바움쿠헨과 마들렌을 테이블에 늘어놓으며 말했다. 히데오는 쑥스러움을 타는 성격이면서도 이런 말은 태연하게 하는 사람이다.

"과자 종류를 보아하니 녹차보다 홍차가 더 잘 어울리

겠네."

히데오가 부지런히 티팟과 잔을 준비했다. 과장되게 새끼손가락을 세워 스푼을 쥐고 홍차 캔에서 티팟으로 찻잎을 옮긴 다음 아니나 다를까 새끼손가락을 세워 뜨거운 물을 따랐다.

"뭐야, 멋 부리는 거야?"

"무슨 말씀이십니까, 전 늘 이렇습니다만."

일부러 새침한 얼굴에 목소리를 한 톤 낮춰 대답하는 히데오의 모습이 웃겨서 폭소했다.

"왜 웃어. 너무해, 영국 신사 흉내 좀 내보려고 했더니."

"영국 신사는 다 새끼손가락을 세워? 그건 절대 아닐걸. 느낌상 뭐랄까, 등을 꼿꼿이 세우고 팔은 몸에서 우아하게 떨어뜨려서―."

"아, 쏟아지겠어."

한바탕 난리를 치면서 둘이서 홍차를 탔다. 겨우 진정하고 앉아 잔에 입을 갖다 댔을 때 얼굴을 마주 보고 후후 하고 미소 지었다.

"마들렌 맛있네."

"바움쿠헨도 먹을 만해."

얼굴을 마주하고 따뜻한 홍차를 홀짝이며 달콤한 과자

를 실컷 먹었다. 마음이 이렇게 평온한 건 오랜만이다.

왠지 가슴이 설렜다. 설레고 감미로운 느낌에 가슴이 벅
찼다.

이제 인정하는 수밖에 없었다.

아아.

나.

이 사람에게 끌리기 시작했어―.

灼熱

8

빗소리를 듣고 알람이 울리기 전에 잠에서 깼다.

잠시 꼼짝도 하지 않고 지붕과 유리창을 때리는 빗소리를 들었다. 곁에서 들려오는 잠자는 히데오의 숨소리와 어우러져 마음이 평온해져 갔다.

히데오에게 고개를 돌렸다. 잠든 그의 모습이 무방비해 보였다. 이대로 죽여버리고 싶다는 충동에 몇 번이나 사로잡히게 했던 그 얼굴을 보고 있는데도 지금은 오로지 사랑스러움만이 솟구쳤다. 지난밤에 처음으로 히데오에게 안기는 것이 괴롭지 않았다.

살짝 벌린 그 입술에 이끌리듯이 얼굴을 가까이 가져가다가 입술이 닿기 직전에 문득 멈췄다.

난 대체 무슨 생각을 하는 걸까.

이 사람을 사랑해서는 안 된다.

끌려서도 안 된다.

다급히 얼굴을 멀리하고 한숨을 길게 쉬었다. 침대에서 살며시 빠져나오려는데 "비가 오네. 계속 더웠던 차에 반가운 비 소식이네" 하며 히데오가 졸린 목소리로 중얼거렸다.

"…… 깨 있었어?"

"응."

"언제부터?"

"조금 전부터. 눈을 뜨려고 하는데 당신이 키스하려는 것 같아서 자는 척하고 있었어."

"능구렁이."

"왜 안 해 줬어?"

"부끄러우니까."

"우린 부부잖아."

히데오가 토라진 듯이 입술을 삐죽거렸다.

"배고프지? 아침 준비할게."

몸을 일으키는데 그가 내 팔을 붙잡아 끌어당겨서 내 몸은 제자리로 돌아갔다.

"알람이 울릴 때까지 좀 더 이러고 있자."

등 뒤에서 그가 양팔을 휘감았다. 목덜미에 어리광을 부리듯이 코를 가져다 댔다. 그대로 가만히 빗소리에 귀를 기울였다. 그의 심장 소리를 등 너머로 느끼고 있으니 이 대로 녹아버릴 것 같을 만큼 마음이 평온했다.

그런 나를 질타하듯이 알람이 울렸다. 나는 이번에는 그 에게서 몸을 떼어 내 알람을 껐다.

"이제 일어나야지."

"당신은 더 자. 아침은 내가 토스트로 대충 때울게. 병치 레도 했으니 쉬엄쉬엄 움직여."

"쉬엄쉬엄 움직이고 있다니까."

아쉬운 듯이 내민 그의 손을 가볍게 뿌리치고 나는 방에 서 나왔다.

부엌으로 내려와 평소처럼 달걀프라이를 만들고 된장 국을 끓이고 생선을 구웠다. 나도 모르게 콧노래를 흥얼 거리고 있다는 사실을 알아차리고 경악했다. 지금까지는 현모양처로 보이기 위해 계산적으로 요리를 했는데 지금 은 달랐다. 즐거웠다. 기뻤다. 히데오를 위해서 요리를 하 는 게.

그런 심경의 변화에 심란해하고 있는데 된장국이 끓어 넘치고 생선이 타고 말았다. 자신에게 온갖 짜증을 내면서 가스레인지를 닦았다.

"탄내가 엄청 나는데, 괜찮아?"

옷을 다 갈아입은 히데오가 주방으로 들어왔다.

"아…… 미안. 생선을 태웠어. 다시 구워줄게."

"괜찮아. 타도 상관없어."

히데오가 그릴 위에서 젓가락으로 생선을 획 집어 들더니 접시로 옮겼다.

"와아, 멋지게 탔네."

"그러니까 새로 구워―."

"무슨 소리야. 이거야말로 가정식의 묘미지. 난 괜찮아."

"그럼 덜 탄 부위로 골라 먹어."

"싫어. 새까맣게 탄 것도 먹고 싶어."

히데오는 탄 생선을 그의 접시에, 덜 탄 생선을 내 접시에 놓았다. 그러고 나서 밥공기 두 개에 밥을 펐고, 된장국을 떴다.

"이제 먹자."

그가 식탁에 앉더니 빙긋이 웃었다. 내가 건너편에 앉자 "잘 먹을게" 하고 젓가락질을 먼저 하기 시작했다.

"와, 엄청 써."

생선을 한 입 먹은 히데오가 히죽거리며 웃었다.

"그러니까 내가 말했잖아. 다시 구워 줄게."

"당신도 실수할 때가 있구나 싶어서 재미있네. 늘 빈틈

없이 완벽한 요리만 했으니까."

"…… 그래?"

"응. 이 정도가 딱 좋아."

마주 보고 큭 하고 웃었다.

평소와 다를 바 없는 아침인데 왠지 모든 게 달라 보였다. 반짝이고 있는 느낌마저 들었다.

밥을 절반쯤 먹었을 때 인터폰이 울렸다. 히데오와 동시에 벽에 설치된 모니터로 시선을 돌렸다. 우산을 쓴 여성이 비쳤다.

"택배는 아닌 것 같네. 불청객일지도 모르니 안 나가는 편이 좋겠어."

"당신, 거기서도 보여? 대단하다. 남자야 여자야?"

히데오는 안경 안에 자리한 눈을 가늘게 뜨거나 끔뻑이면서 인상을 찌푸리며 응시하고 있었다.

"여자야. 안경 쓰고 있는데도 안 보여?"

"안 보여. 모니터 작잖아. 근데 당신도 시력 나쁘잖아."

"나? 옛날부터 양쪽 다 1.5야."

"어? 근데 면허증에는 안경을 써야 한다고 적혀 있던데."

가슴이 철렁 내려앉았다. 그렇다. 사토 에리의 면허증에는 분명 그렇게 적혀 있었다.

"아…… 그렇지. 그런데 면허를 땄던 날은 그날따라 눈이 침침했거든."

"1.5인데 그렇게 안 보일 때가 있어? 게다가 원래대로 돌아온단 말이야?"

"응, 그날따라 유난히 그랬어. 인체란 건 참 신기하지?"

의사를 상대로 이런 허술한 거짓말이 통할까 조마조마해하고 있는데, 하늘이 도왔는지 인터폰이 다시 울렸다. 나는 일어나서 모니터로 다가갔다.

예쁘장한 여성이었다. 베이지색 비옷에 머리를 단정하게 빗어 넘겨 수수해 보였지만 피부가 하얗고 눈이 커서 이목구비가 또렷했다. 이런 미인이라면 종교를 전도하러 왔든 화장품을 팔러 왔든 집에 흔쾌히 들일 사람이 많을 것 같았다.

"어, 요코야마 씨네?"

어느새 히데오가 등 뒤에서 모니터를 들여다보고 있었다.

"아는 사이야?"

'이렇게 예쁜 사람이랑'이라고 말하려다 다급히 입을 다물었다.

"응, 방문 진료 코디네이터야. 가끔 같이 방문하러 다녀."

히데오는 통화 버튼을 눌렀다.

"요코야마 씨? 웬일이세요?"

"선생님, 다행히 계시네요. 오늘 왕진 스케줄이 갑자기 변경돼서요. 아침에 제일 먼저 닛타 씨 댁부터 들러야 할 것 같아요. 전화를 몇 번이나 걸었는데 받질 않으셔서 찾아왔어요."

"아, 진짜요?"

히데오는 그렇게 말하며 가슴 주머니에서 스마트폰을 꺼냈다.

"미안해요, 폰이 꺼져 있었네요. 당장 나갈게요. 비도 오는데 정말 미안해요."

히데오는 바로 진찰 가방을 들고 현관으로 서둘러 나갔다.

"가끔이라면 얼마나?"

"뭐가 말이야?"

신발을 신던 히데오가 순간 손을 멈추고 어리둥절해 했다.

"일주일에 몇 번이나 요코야마 씨랑 다니는 거야?"

"몇 번이더라? 두세 번이던가? 그런데 왜?"

"점심도 같이 먹어?"

"응?"

히데오가 눈을 끔뻑였다.

"혹시…… 당신, 질투하는 거야?"

"뭐?" 그런 자각을 하지 못하고 있던 나는 놀랐다.

"아냐. 그냥 궁금했어."

"그러니까 그게 바로 질투야."

"아니라니까."

"난 기분 좋은데?"

"아니라고 하는데도 참. 얼른 가야 하지 않아? 기다리잖아."

"여부가 있겠습니까. 비도 오니 여기서 배웅해. 다녀올게."

히데오는 내 뺨에 살짝 입을 맞추더니 웃으며 나갔다. 홀로 남겨지자 조금 전까지 평온하게 느껴지던 빗소리가 갑자기 외로운 소리가 되어 가슴에 밀려왔다.

몇 시에 귀가하는지 깜빡하고 묻지 않았다고 생각하며 부엌으로 돌아왔다. 식탁에 다시 앉자 히데오가 남기고 간 밥그릇과 접시가 눈에 들어왔다. 달걀프라이와 된장국은 다 먹었지만 밥과 탄 생선이 절반 정도 남아 있었다. 나는 남은 음식을 끌어당겨 먹기 시작했다.

탄 부위를 피하면서 먹는데도 역시 썼다. 이걸 꾹 참고 먹어 주다니. 큭큭대고 웃으며 다 먹고 그릇을 씻었다.

그러고 나서 청소기를 꼼꼼하게 밀고 욕실에 낀 곰팡이를 닦아내고 세면대를 박박 문질렀다. 부엌 바닥을 쓸고 싱크대도 광을 내고 도마와 머그잔을 소독까지 했다. 평소에는 거들떠보지도 않던 텔레비전 뒤나 콘센트 주변의 먼지도 꼼꼼하게 닦아내고 샤워를 했다. 보람찬 기분이었다.

샤워를 하고 에어컨을 틀고 나서 텔레비전을 켜며 소파에 느긋하게 앉았다. 머리를 말리며 예능 프로그램을 보다가 코미디언의 개그에 폭소했다.

웃다가 깨달았다.

다다토키가 죽고 나서 진심으로 웃었던 적이 없었다. 그런데 오늘은 재미를 순수한 마음으로 즐기고 있었다.

지금까지 예능 프로그램이나 와이드 쇼에 채널을 맞춰 둔 것은 위장에 불과했는데. 게다가 오늘은 집을 뒤지지도 않고 있다. 열심히 청소를 하고 기쁨을 느끼고 있었다. 마치 행복한 주부처럼.

행복?

나 행복한 건가?

정신 차려. 행복을 누릴 상황이 아니잖아.

애초에 히데오에게 끌리는 것 자체가 말이 안 된다. 그런데도 나는 조금 전에 무의식적으로 그가 손을 댄 음식을 먹었다. 누가 남긴 음식을 먹다니, 애정이 없고서는 절대 불가능한 일이다.

히데오를 좋아하게 되다니 용납되지 않는 일이다. 다다토키에 대한 배신이다.

아아, 하지만…… 하지만.

지금은 그렇게 다정하고 성실한 히데오가 다다토키를 죽였다고는 도저히 생각할 수 없었다.

증거도 결국에는 나오지 않았다. 애당초 우수한 일본 경찰이 조사를 거듭한 끝에 그를 무죄로 석방해 주지 않았는가. 처음부터 그는 아무 죄도 짓지 않았다.

히데오를 범인으로 굳게 믿어 비난하고 원망하고 증오함으로써 나는 다다토키를 잃었다는 괴로움에서 벗어나려고 했을지도 모른다. 그래야만 살아갈 수 있었다.

히데오 같은 사람이 남의 목숨을 빼앗을 리가 없다. 그건 이미 추측이 아니라 확신으로 바뀌어 가고 있었다.

그건 사고다.

살인이 아니다.

—참 이기적인 여자구나.

내가 느낀 죄책감이 다다토키의 목소리를 빌려 머릿속
에 울려 퍼졌다.

—반했으니까 이제 진실 따윈 아무래도 상관없다는 거
야? 사토 에리의 인생까지 훔치고서 네가 내린 결론이 고
작 이거야?

"아냐. 그 사람은 처음부터 무죄였어. 그게 진실이야."

—정말 그를 믿는 거야?

"응, 믿어, 진심으로. 정말이야."

스마트폰이 울려서 정신이 돌아왔다. 아키코가 보낸 문
자였다. 내일모레 퇴원하게 되었다고 적혀 있었다.

"얼른 가봐야겠네."

자신의 죄책감을 떨쳐내듯이 일부러 큰 목소리로 혼잣
말을 하고 나는 빗속을 뚫고 나갔다.

병실에 들어서자 아키코가 환한 표정으로 기다리고 있
었다. 이미 짐을 몇 박스째 싸고 있었다.

"아가씨, 내가 할 테니 쉬어요."

"괜찮아요, 언니. 오랜만에 집에 간다고 생각하니 가만
히 있을 수 있어야죠. 게다가 앞으로 내 힘으로 할 수 있는

일은 내가 해야죠."

"그 말도 맞네요. 적당히 움직이는 게 좋으니까요."

"이렇게 말하면서 요리는 새언니한테 다 맡기게 되겠지만요. 여자는 다른 사람이 자기 부엌에 드나드는 걸 싫어하잖아요. 자신만의 영역이라고나 할까요."

"난 그런 타입 아니에요. 게다가 원래 아가씨 집이잖아요. 요리하고 싶을 때 언제든지 해요."

"아니에요, 그 점은 확실히 해야죠."

"그러면서 실은 요리가 서툰 거 아니에요?"

"언니 족집게네요."

그런 대화를 나누면서 짐을 정리했다. 몸 상태가 나아져서 정말 다행이라는 생각이 들었다. 입원 기간이 길어지면 짐이 늘어난다. 타월이나 속옷, 겉옷, 플라스틱 머그잔이나 작은 접시, 칼, 도마, 책과 잡지 등 선반에서 물건이 끊임없이 나왔다. 버릴 것은 모아서 비닐 끈으로 묶었다. 의외로 육체노동이다. 한숨 돌리려고 하는데 병원 직원이 아키코의 점심을 날라 주었다.

"타이밍이 딱 좋네요. 점심 먹고 해요. 저도 도시락 사왔어요."

"네."

아니나 다를까 지쳤는지 아키코는 선뜻 침대로 돌아갔다. 식사를 하기 시작한 아키코의 곁에서 나도 도시락을 펼쳤다.

"퇴원하는 건 기쁜데 조금 서운하네요."

아키코가 채소 조림을 먹으면서 말했다.

"또래 친구들이랑 친해졌거든요. 재활 선생님들도 너무 좋았고요. 그리고 컴퓨터 수업을 들을 수 없는 것도 아쉽네요."

"컴퓨터 수업이요? 병원에서요?"

"네. 몰랐어요?"

"금시초문이네요. 어떤 수업이에요?"

"프로그래밍 같은 걸 해요. 공대생이 자원봉사로 가르쳐 주러 오거든요. 꽤 그럴듯한 게임을 만들기도 해요."

"그런데 인공 심장 같은 의료 기기에 그런 게 영향을 끼치진 않아요?"

"전혀요. 페이스메이커를 단 애도 수업을 들을 정도니까요."

"그래요? 그런데 아가씨랑 컴퓨터는 뜻밖의 조합이네요. 아가씨는 늘 바느질만 하는 줄 알았어요."

"바느질도 좋아하기는 하지만, 그것만 하기엔 병원에서

보내는 시간이 남아돌거든요. 홈페이지나 애플리케이션도 몇 개나 만들었어요."

"근사한 취미네요."

"취미 아니에요. 직업으로 삼을 거예요."

"아……."

"집에서 일하고 싶으니까요."

"몰랐어요. 미안해요."

생각이 짧았다. 아키코는 아키코대로 제힘으로 살아가려고 하는데.

내 말실수에도 개의치 않고 아키코는 빙긋이 웃으며 이어서 말했다.

"다들 실력이 꽤 빨리 늘어요. 몇 시간이나 하니까요. 작품이 완성되면 즐겁고 역시 보람차기도 해요. 조를 짜서 로봇 제어 프로그래밍도 했어요. 스도라는 자원봉사자가 정말 좋은 분이라서 열심히 가르쳐 주시거든요."

기분 탓인지 그 이름을 말하는 아키코의 눈동자가 빛나 보였다.

"그분 남자예요?"

"네."

"혹시…… 좋아해요?"

아키코의 얼굴이 순식간에 빨개졌다.

"언니도 참. 오빠한테는 비밀이에요."

"사귀어요?"

"병원 카페에서 차만 몇 번 마셨어요."

갈수록 얼굴이 새빨개져 가는 아키코를 보며 흐뭇한 마음이 드는 것과 동시에 그녀도 풋풋한 청춘을 즐기고 있다는 사실이 기뻤다.

"그럼 퇴원하고 나서 짐 정리가 끝나면 집에 초대할래요? 제가 맛있는 거 대접해 드릴게요."

"정말요? 언니 최고예요!"

아키코의 얼굴이 빛났다.

"이거 가지고 오길 잘했네요."

나는 다 먹은 도시락 용기를 치우고 가방에서 카탈로그 몇 개를 꺼냈다.

"와, 인테리어 잡지네요!"

"아가씨 방, 썰렁해 보여서 예쁜 가구라도 들여놓는 편이 좋지 않을까 예전부터 생각했거든요. 그분을 초대한다면 더 필요해지겠네요."

"언니밖에 없어요. 오빠는 이런 데 둔하거든요."

"아가씨는 천천히 카탈로그 보고 있어요. 저는 계속 짐

쌀 테니까요."

"네. 언니만 믿을게요."

즐겁게 카탈로그를 펼치는 아키코의 옆에서 나는 선반에서 짐을 꺼냈다. 바느질에 쓰이는 천과 솜이 수북했다.

"어머?"

그 안에서 노트북이 나왔다.

"이거 아가씨 거예요?"

"아뇨, 오빠 거예요. 뜬금없이 가져왔더라고요. 언제더라……. 아, 체포되기 전이었지. 아, 그때는 정말 생각하기도 싫어요. 다 잊어버린 줄 알았는데."

심장이 쿵쾅거렸다. 그건 즉 가택 수사를 예상하고 가져왔다는 게 아닌가.

머릿속이 백지장이 된 나를 뒷전에 두고 아키코가 이어서 말했다.

"귀찮다면서 저한테 떠맡겼어요. 그때 저는 사건에 대해 꿈에도 몰랐고, 설마 오빠가 체포될 줄은 몰랐으니까 바느질에 빠져서 얼굴도 제대로 보지 않고 건성으로 맡았어요. 그 후에 체포됐다는 소식을 듣고 영영 못 보는 줄 알고 펑펑 울었어요. 함께 보낸 시간을 소중히 여길 걸 그랬다며 후회도 했어요."

아담한 노트북이 귀찮을 리가 없다. 티 없이 해맑은 아키코는 사건과 이 컴퓨터를 연관 지어 생각하지 않는 듯했지만, 나는 그가 이곳에 숨기러 왔다고밖에 생각할 수 없었다.

아키코에게 그 사건은 이미 지나간 일인지 어느새 화제는 이 커튼이 멋스러워 보인다는 등 러그랑 세트로 맞추고 싶다는 등 무난한 이야기로 흘러갔다.

하지만 나는 그녀의 말을 건성으로 듣고 있었다. 히데오가 맡겼다는 노트북 생각이 머릿속에서 떠나질 않았다. 경찰이 찾지 못한 증거. 그게 이 안에 있지 않을까.

아아, 하필이면 이제 와서.

"이거…… 빨랫감이랑 같이 가져갈게요. 퇴원 당일에는 정신이 없을 테니 망가지기 쉬운 물건은 오늘 챙겨 갈게요."

노트북을 캐리어에 무심한 척 집어넣었다. 캐리어는 저번에 갈아입을 옷을 가지고 왔을 때 두고 간 것이었다.

"언니, 고마워요. 무거울 텐데 미안해요."

"무겁긴요."

나는 애써 미소 지었다.

"언니가 오빠랑 결혼해 줘서 다행이라고 정말 늘 생각

해요. 언니, 앞으로도 우리 오빠 잘 부탁해요."

아키코가 진심으로 기쁜 듯이 말했다.

빗속에서 캐리어를 끌고 역까지 걸어갔다. 한시라도 빨리 컴퓨터의 내용물을 확인하고 싶기도 하고, 외면하고 싶기도 한 마음에 심란해하고 있었다. 가방을 끄는 손이 묵직하게 느껴졌다.

"에리!"

개찰구에서 누군가가 말을 걸어서 흠칫하고 놀라 멈춰섰다. 히데오가 서 있었다.

"여기서 만나다니 신기하네. 혹시 병원에 다녀오는 길이야?"

"응. 퇴원 날짜가 정해졌다는 연락이 와서."

"비도 오는데 힘들었겠네."

"당신은?"

"진료하러 가는 길이야."

"그렇구나……."

"무슨 일 있어?"

"응?"

"기운이 없어 보여서. 아키코 때문에 힘든 거 아냐?"

"아니야, 괜찮아. 집에 가서 쉴 거니까 신경 쓰지 마."

"다섯 시 넘어 퇴근할 것 같아."

"알겠어."

"오늘 점심은 혼자서 먹었어."

한쪽 눈을 찡긋하고 미소 짓더니 히데오는 우산을 펼쳐 빗속으로 사라졌다. 영문을 몰라 그 등을 멍하니 배웅하다 내가 오늘 아침에 궁금해하며 물었던 질문에 대한 대답이라는 사실을 겨우 깨달았다. 태평하게 질투나 하고 있었던 일이 무척이나 먼 옛날처럼 느껴졌다.

집에 도착하자마자 피로가 확 몰려왔다.

비에 젖은 캐리어를 닦아내고 짐을 꺼내 아키코의 방으로 옮겨야 할 물건은 옮기고 나서 세탁해야 할 빨랫감을 세탁기에 넣었다.

하지만 이내 생각에 잠겨 움직이던 손을 멈추었다. 마음을 굳게 먹고 캐리어에서 노트북을 꺼냈다. 그리고 코드를 꽂고 전원 스위치를 켰다. 창이 켜지자 심장 박동이 점점 빨라졌다. 심호흡을 하고 자신을 타일렀다.

이건 그냥 구형 컴퓨터일 뿐이다.

필요치 않아 아키코의 병실에 가져간 게 틀림없다.

깊은 뜻은 담겨 있지 않다. 아무 단서도 없을 것이다.

게다가 어차피 패스워드도 모르니까…….

모니터에 컴퓨터 회사 로고가 떴다. 그다음에 패스워드 입력창이 뜰 거라 생각했지만, 바로 바탕화면이 나왔다.

침을 꿀꺽 삼켰다.

휴지통과 문서 폴더 아이콘밖에 없는 아주 깔끔한 바탕화면이었다. 문서 폴더를 더블 클릭하자 하위 폴더가 나왔다.

하위 폴더의 이름은 숫자로 되어 있었는데, 001부터 순서대로 깔끔하게 나열되어 있었다. 시험 삼아 001을 켜서 그 안에 있는 파일을 열어 보았다. 영어가 빼곡히 타이핑되어 있었다. 논문인가. 다른 파일도 마찬가지였다.

나 원 참. 단순한 업무용 컴퓨터였잖아.

안도감에 무심코 쓴웃음이 새어 나왔다. 나도 참 못 말린다. 제정신이 아닌가 보다.

얼른 저녁 준비를 해야겠다. 기껏 욕실도 깔끔하게 청소했으니 오늘 저녁에는 더워도 욕조에 물을 받아 피로를 천천히 풀자. 그래, 민트 오일을 사용해야겠다. 뜨거운 물에 떨어뜨리면 시원한 향기가 나고 몸을 닦고 난 후에는 개운한 느낌이 든다.

그런 태평한 생각을 하면서 손이 가는 대로 파일을 클릭해 열어 보았다. 몇 개만 더 보고 전원을 꺼야겠다고 생각하며 아무 생각 없이 다음 파일을 클릭했을 때였다. 글만 실린 지금까지 본 파일과 확연히 다르게 색깔이 화려한 심장 사진이 나왔다.

'인공 심장의 미래'라고 제목이 붙여진 사진 밑에는 앞으로 개발 예정인 인공 심장은 지금까지와 다르게 반영구적으로 사용할 수 있다는 것, 더불어 투자자를 모집한다고 쓰여 있었다.

이건 다다토키가 작성한 팸플릿과 똑같지 않은가. 어째서 히데오가 데이터를 가지고 있는 걸까.

다음 파일을 클릭했다. 같은 서류지만 새로운 인공 심장의 구조가 그려진 그림이 덧붙여져 있었고 상세한 설명이 실려 있었다.

이거…… 히데오가 쓴 건가?

전문 지식이 전혀 없는 다다토키가 어떻게 상세한 팸플릿을 작성할 수 있었는지 이제껏 쭉 미스터리였다. 하지만 히데오가 썼다면 납득이 갔다.

그런데 히데오가 왜 이런 짓을 한 걸까? 다다토키를 도왔던 걸까? 아니…… 히데오는 팸플릿에 전문적이면서도 정확한 지식이 뒷받침되어 있었기 때문에 철저하게 믿고 사기라고 의심하지 않았다고 진술했다. 그렇다면 역시 팸플릿은 다다토키가 직접 작성해야만 전후 사정이 맞다.

게다가 같은 폴더 안에 있는 파일을 날짜 순서대로 열어 보니 갈수록 설명문이 늘고 전문적으로 변모해갔다. 마치 히데오가 며칠에 걸쳐 설명을 보충해 나가며 교정해 그때마다 저장한 것처럼 보였다. 대체 왜……

갑자기 흠칫했다.

히데오는 공범이 아닐까. 그래서 적극적으로 도왔을지도 모른다. 거기까지 생각하다 아니라며 부정했다. 그럴 리가 없다. 히데오가 다다토키와 한패가 되어 범죄에 손을 댈 이유 따윈 없었다.

하지만 그렇다면 왜일까?

어째서 히데오가 팸플릿을 가지고 있을까?

설명과 영상과 사진을 이만큼 준비했다면 도왔다기보다 오히려 히데오가 만들어 낸 거나 다름없었다. 이 상황에서는 마치 공범이라기보다 주범─.

"다녀왔어!"

현관이 열렸다. 나는 다급히 노트북을 덮었다. 어디에 숨겨야 할지 우왕좌왕하다가 텔레비전 받침대 밑에 재빨리 밀어 넣었다.

"수고했어. 일찍 왔네. 다섯 시 넘어서 온다고 하지 않았어?"

"되도록 빨리 마치고 왔지. 아까 당신 안색이 나빠 보였던 게 걱정돼서."

"당신도 참. 자상해서 탈이야."

나는 뺨으로 그의 입술을 받아들였다.

그렇다. 그는 자상하다.

여느 때와 다름없는 히데오다.

그런데도 등줄기가 떨리고 온몸에 소름이 돋았다.

灼熱

9

이튿날에도 비가 이어졌다.

기온은 그다지 높지 않았지만 하루 종일 불쾌지수를 상 승시키는 습기와 열기가 집 안팎으로 가득 차 있었다. 에 어컨을 온종일 틀어 놓아도 복도와 화장실에 갈 때마다 찝 찝한 공기가 온몸에 들러붙었다.

아침에 히데오가 출근하고 나서 나는 부엌에 계속 서 있 었다. 채소와 과일을 썰어대거나 3배 식초와 수제 드레싱 과 불고기 양념을 만들며 신경을 분산시키고 있었다.

칼을 쥐고 있어도, 무언가를 섞고 있어도 텔레비전 받 침대 밑에 숨겨 놓은 노트북의 존재가 계속 신경에 거슬렸 다. 히데오에게 발각되지 않도록 은밀한 곳에 숨겨 뒀는데 도 그 주변이 의식되었다.

컴퓨터를 꺼내 파일을 전부 다 확인하고 싶다는 충동에 몇 번이나 휩싸이면서도 결정적인 증거를 발견하게 될까

봐 두려웠다. 지금까지는 필사적으로 히데오가 다다토키를 죽인 증거를 찾고 있었는데 이제 와서는 아무것도 발견되지 않기를 바라고 있다. 어제 본 파일도 단순히 내 착각이라고 치부하려고 했다.

이기적이다. 나도 알고 있다. 하지만 그게 지금의 솔직한 심정이다.

의심의 씨앗이 다시 심어졌고, 그게 시간이 지나면서 뿌리를 내리고 싹을 틔우면서 점점 커져 갔다. 그런데도 히데오에 대한 마음이 사라지지 않았다. 그가 출근하고 나면 허전했고, 이러고 있는 지금도 얼른 귀가하기를 간절히 바랐다. 보고 싶고 손을 잡고 싶고 안기고 싶고…… 자꾸만 부풀어가는 의심에 마음이 찢겨 나가면서도 그 마음만큼 히데오에게 애가 달아 있었다. 의심과 사랑 사이에서 마음이 찢어지는 듯했다.

나는 어쩌다 이 사람을 이만큼이나 깊이 사랑하게 되고만 걸까.

주체할 수 없을 만큼 버거운 의심을 품고 있으면서, 나는 모든 것을 묵과하고 그의 입맞춤을 받아들였다.

설령.

설령 히데오가 다다토키를 죽였다고 할지라도.

이런 내 죄가 더 크다.

현관을 여닫는 소리가 들려서 정신을 차렸다.

"다녀왔어…… 와, 이게 다 뭐야?"

히데오가 부엌을 들여다보더니 식탁에 쭉 나열된 용기에 눈이 휘둥그레졌다.

"다녀왔어? 어머, 셔츠가 젖었네. 비 아직도 많이 와?"

"바람이 세. 그런데……."

히데오는 식탁으로 얼굴을 가까이 가져가더니 다양한 형태의 용기를 요모조모 뜯어보고 있었다.

"채소에 과일에…… 이게 다 뭐야? 설마 전부 다 오늘 저녁 반찬이야?"

"당신도 참. 쟁여 두려고 만든 거야. 채소 스틱 피클, 과일 식초, 잼, 파 양념, 올리브 오일 드레싱, 마늘 간장……."

나는 보존용 유리병과 용기를 가리켜 나갔다.

"뭐가 이렇게 많아. 과일 식초에는 오렌지랑 키위랑 블루베리가 들어 있네. 컬러풀하고 예뻐서 장식 같아."

"장식용으로 즐겨도 되지. 외국에서는 계절마다 만들어 장식해 놓고서 먹고, 또 다음 계절 과일로 만들어 진열하면서…… 1년 내내 많이들 즐긴대. 그래서 나도 장식해 볼까 싶어서."

"그런데 이런 무더위에 장식해 두면 상하지 않아?"

"한여름에는 그렇겠지. 그런데 냉장고에 넣어 두면 얼음설탕이 녹지 않거든. 그래서 녹을 때까지 장식할 생각이야."

"그렇구나. 부엌이 화사해지겠는데? 그런데 많이도 만들었네. 둘, 넷, 여섯…… 대충 서른 개는 되는 것 같은데?"

"미안."

"미안할 게 뭐 있어. 그냥 놀란 거야. 힘들었겠다."

히데오가 빙긋이 웃었다. 역시 얼굴을 보니 기쁘다. 의심도 두려움도 좋아한다는 감정에는 미치지 못한다.

"샤워 좀 하고 올게."

"끝나고 나서 바로 밥 먹을래?"

"먹을래. 배고파 쓰러질 것 같아. 오늘 메뉴는 뭐야?"

"스테이크."

"역시 당신밖에 없어."

히데오는 한쪽 눈을 찡긋하고 욕실로 사라졌다. 고기는 굽기만 하면 되고, 요리에 곁들일 으깬 감자와 데친 채소도 준비되어 있다. 우선 식탁을 정리해야 했다.

식탁에 나열되어 있다기보다 빼곡히 채우고 있는 유리병과 저장 용기를 새삼스레 바라보고 있으니 심상치 않은 자신의 정신 상태가 눈에 보이는 듯했다. 채소 스틱과 알록달록한 과일 잼, 드레싱, 양념…… 하나씩 볼 때는 무난하지만 이렇게 같은 장소에 모여 있으니 정신 사나워 보였다.

예쁜 것. 새까만 것. 투명한 것. 얼룩덜룩한 것. 달콤한 것. 시큼한 것. 매운 것. 이 병들에 내 심정이 담겨 있을지도 모른다.

드레싱과 양념을 냉장고에 넣고 알록달록한 과일 식초 유리병을 선반에 진열했다. 하지만 다 수납하지 못해 우선 찬장에 공간을 비워 옮겼다. 바닥에도 놓아야 할 지경이었다. 조미료를 채운 트롤리를 가능한 한 벽으로 갖다 붙이고 빈 바닥에 유리병을 늘어놓았다.

"아야!"

병을 바닥에 내려놓을 때 손등에 무언가가 닿으며 날카로운 통증이 가로질렀다. 피가 나고 있었다.

"여보? 무슨 일이야?"

샤워를 하고 옷을 갈아입은 히데오가 들어왔다. 피가 나는 것을 보고 그의 눈이 휘둥그레졌다.

"어쩌다 그랬어? 칼에 베였어?"

"아니, 칼에 베인 건 아닌데…… 잘 모르겠어. 갑자기 이러네."

"잠깐만 있어 봐."

히데오는 세면대 선반에서 소독약과 솜을 가지고 와 정성스럽게 소독해 주었다.

"다행이야, 상처가 크지는 않네. 빨리 나으라는 주문이야."

반창고를 붙이고 히데오가 내 손등에 입을 맞추려고 했다. 어째서인지 반사적으로 손을 움츠려서 스스로도 놀랐다. 히데오도 당황한 표정을 지었기 때문에 나는 상황을 무마하듯이 유리병으로 시선을 돌렸다.

"병이 깨졌나?"

"내가 살펴볼게."

히데오가 병을 뒤집어 보거나 불에 비쳐가며 하나하나 확인해 나갔다.

"아." 히데오가 뭔가 발견했는지 납득이 간다는 목소리로 말했다. "이런 게 떨어져 있었네."

히데오가 일어섰다. 손바닥에 자그마하고 날카로운 흰 조각이 놓여 있었다.

"이게 뭐지?"

"접시 파편이야. 얼마 전에 당신이 깼잖아."

"아……."

찌그러진 삼각형 모양을 한 조각이었다.

"본차이나 말이지?"

"그때 나름대로 꼼꼼하게 치웠는데. 미안."

"당신 탓 아냐."

"혹시 모르니 청소기 돌릴게."

"우선 밥부터 먹자. 먼지 나잖아."

"그래. 밥 먹은 후에 내가 돌릴게."

"고마워. 고기 바로 구울게."

양면을 살짝 구운 후, 아까 만든 마늘 간장을 끼얹어 완성했다. 채소 스틱 피클도 전채 요리로 내놓았다. 히데오는 연신 맛있다며 신나게 먹었다.

"그건 그렇고 조심해야겠네. 완벽하게 치웠다고 생각했는데 이렇게 예상치도 못할 때 뜻밖의 장소에서 파편이 튀어나와 다치기도 하는 거 보니 말이야."

"그러네."

"안 밟아서 다행이야."

"끔찍해. 상상하는 것만으로도 아픈 것 같아."

"그렇지?"

스테이크를 야무지게 먹으며 얼굴을 마주 보고 후후 하

고 웃었다. 애정이 전해져 오는 따스한 시선. 평소와 다름없는 우리. 역시 이대로 살아가는 게 좋을지도 모른다. 이대로 말이다.

이제 더 이상 아무것도 신경 쓰지 말자.

이대로 히데오와 함께 살아가는 거다.

다다토키의 사건은 사고이며, 우연찮게 기구한 운명으로 나와 히데오는 만나서 결혼하게 되었다. 그뿐이다. 내 과거도 히데오의 과거도 상관없다.

이대로 히데오와 살아가며 언젠가 아이를 낳고 평범하고 행복한 가정을 꾸려 나가야 한다.

그 노트북은 더 이상 건드리지 말자.

봉인하는 거다. 이 생활을 망치고 싶지 않다.

내일 아키코가 퇴원하면 본인이 직접 히데오에게 돌려주게 하자. 아니…… 지금 당장 말해도 된다. 은근슬쩍 "당신 노트북 내가 가지고 왔어"라고. 대화가 어색하게 흘러가지 않도록 우선 나는 아키코의 이야기를 꺼냈다.

"아가씨가 돌아오기 전에 파편이 발견돼서 다행이야. 다쳤으면 어쩔 뻔했어. 감염될 수도 있으니 보통 사람보다 더 조심해야 하잖아."

"아, 그건 그래."

"조심해야 될 거 또 없어? 계단 난간이랑 손잡이는 아가씨가 만질 때 소독할 수 있게 알코올 스프레이를 여기저기에 배치해 두려고 준비는 해 뒀어."

"그걸로 충분해. 아키코 잘 돌봐줘서 여러모로 고마워."

"친동생이나 마찬가진걸. 퇴원하는 게 너무 기다려져. 정리가 좀 되면 퇴원 축하 파티라도 하자. 아가씨가 초대하고 싶은 사람이 있대. 내가 대접하기로 약속했어."

"초대하고 싶은 사람? 금시초문이네. 설마 남자야?"

갑자기 몸을 불쑥 내민 히데오의 모습이 재미있어 보여서 나는 웃었다.

"아가씨도 한창때잖아."

"그 녀석, 당신한테는 그런 소리를 하나 보지?"

"여자들만의 비밀이야."

"와, 치사해."

"퇴원하면 하고 싶은 게 많대. 예쁜 가구를 들이거나 아, 그리고 사진관에서 사진을 찍은 적이 없어서 멋을 한껏 부리고 사진을 찍고 싶다고 했어."

"그렇구나……. 나한테는 그런 소리 전혀 안 하는데. 역시 남녀는 다르구나."

"그러고 보니 우리, 사진을 찍은 적이 거의 없네. 사진관에 간 적도 없거니와 그냥 사진도 없고 말이지."

"몰랐네. 당신이 원한다면 아키코가 갈 때 우리도 찍으면 되지. 결혼 기념사진 말이야."

"아냐, 됐어."

다다토키와 찍은 웨딩 사진을 떠올리고 나는 고개를 가로저었다.

"그런데 아가씨가 옛날 사진을 보여 줬는데 당신 꽤 멋쟁이던데?"

"응?"

"병실에 장식돼 있는 사진 말이야."

"아, 그거?"

웃을 줄 알았더니 뜻밖에 어두운 표정을 지었다.

"철없던 시절이었으니까. 공부는 뒷전이고 나돌기만 했어. 최악의 인간이었지."

"그런 소리 하지 마. 지금 이렇게 반듯하게 살아가고 있잖아. 그때 사진 더 없어?"

"없을 거야. 원래 사진을 별로 안 좋아해. 찍는 것도 찍히는 것도. 풍경에도 관심 없고. 그런데 그 녀석, 아직 그런 사진을 가지고 있었구나."

"병원에 있으면 외롭잖아. 여러 가지 물건을 곁에 두고 싶은 게 당연하지. 그래서 짐이 꽤 많아 꾸리는 데 혼났어."

"면목 없네. 짐도 있어서 퇴원할 때 꼭 가려고 했는데 일 때문에 시간이 나지 않네."

"그런 소리 듣자고 하는 말 아니야. 어제 가져올 수 있을 만큼 가져왔고, 어차피 택시 탈 거니 괜찮아."

"고마워. 당신이 있어서 정말 다행이야. 아, 그러고 보니."

말하다가 잠시 멈칫하는 기색을 보이더니 아주 자연스 러운 말투로 이어 나갔다.

"짐 속에 노트북은 없었어?"

흠칫했다. 원래 내가 물을 생각이었는데, 순간 머뭇거린 기색이 신경 쓰여 나도 모르게 말문이 막혔다.

"아키코한테 맡겨 뒀거든. 분명 어딘가에 있을 텐데."

"내가 챙겨온 짐에는 없었던 거 같은데."

순간적으로 거짓말을 하고 말았다.

"그런데 왜 아가씨한테 노트북을 맡긴 거야?"

"아니…… 그게, 아 맞다. 맡긴 게 아니라 병문안 갔을 때 깜빡하고 놓고 왔어."

속이고 있다. 역시 그 컴퓨터에는 뭔가 숨겨져 있는 걸까.

"어머, 깜빡했어? 돌려받지 않고 지금까지 용케 잘 버 텼네."

"잘 안 쓰는 컴퓨터였거든."

"음…… 취미용이야?"

"그런 셈이지."

"당신한테 취미가 있을 줄이야. 컴퓨터로 뭘 하는데?"

"어?" 히데오가 우물쭈물했다. "그게…… 사진 편집이
라든가."

"조금 전에 사진에 관심 없다고 했잖아."

히데오가 할 말을 찾지 못하고 있었다.

"…… 당신, 왜 그렇게 꼬치꼬치 캐물어?"

"내가 뭘 꼬치꼬치 캐물었다고 그래. 그냥 당신에 대해
더 알고 싶은 거지."

"왜? 우리는 부부고 같이 살고 있잖아. 그것 말고 대체
뭘 알고 싶은 거야?"

웬일로 히데오가 발끈했다.

"별다른 뜻은 없어. 그냥 당신이 비밀스러운 구석이 있
다고 생각했거든."

"비밀 같은 거 없어. 난 보이는 게 다야."

"대체 왜 그래? 뭐가 신경 쓰이는 거야?"

"너야말로 뭘 신경 쓰는 건데?"

당신이 아니라 갑자기 '너'라고 불렀다.

"별다른 뜻 없다니까. 진짜야. 그렇게 발끈하지 마."

히데오는 흠칫하더니 "미안……"하고 고개를 숙였다.

"당신답지 않게 왜 그래?"

"…… 오늘은 좀 피곤해서 그런가 봐."

"오늘은 빨리 자는 게 어때?"

"그게 낫겠어. 자기 전에 청소기만 돌릴게."

"내가 할게."

"괜찮아. 금방 끝나니까."

히데오는 청소기를 꺼내서 파편이 떨어져 있던 주변을 재빨리 밀더니

"나 먼저 잘게"라며 2층으로 올라갔다.

늘 온화하고 자상한 히데오의 또 다른 면모를 본 것 같았다. 말투가 거칠지도, 폭력을 휘두른 것도 아닌데, 어둡고 깊은 분노와 같은 것을 느꼈다.

이 사람에게 이런 면이 있을 줄이야. 갑자기 히데오가 낯설게 느껴졌다. 게다가 노트북에 대해 속이는 게 역시 부자연스러웠다.

살며시 침실로 가서 침대에 다가갔다. 정말 지쳤는지 히데오는 이미 가볍게 코를 골며 자고 있었다.

거실로 다시 돌아와 마음을 굳게 먹고 텔레비전 받침대

밑에서 노트북을 꺼냈다. 이어지는 다다미방으로 이동해 미닫이문을 닫았다. 탁자에 컴퓨터를 놓고 전원을 켰고, 혹시 몰라 잡지를 펼쳐 노트북을 가리듯이 세워 놓았다.

어제는 파일을 열어 확인하는 것만으로도 벅찼지만, 메일 아이디, 비밀번호만 등록되어 있으면 자동적으로 수신 메일도 볼 수 있을 테다. 그리고 북마크, 검색 내역도 확인해 보자.

뭐부터 봐야 할지 망설여졌지만, 우선 어제 본 파일 다음부터 확인해 나가기로 했다. 역시 마찬가지로 인공 심장에 대한 팸플릿 데이터가 이어졌다. 폴더 몇 개를 거쳐 '사진'이라고 등록된 폴더를 클릭하자 미리보기가 쭉 표시되었고, 나는 얼어붙었다.

내 모습이 잔뜩 찍혀 있었다. 사토 에리가 아닌 가와사키 사키코였던 시절의 내가.

떨리는 손가락으로 차례대로 클릭해 나갔다. 다다토키와 함께 찍혀 있는 사진, 혼자 있는 사진. 명백하게 도촬한 사진뿐이었다.

어째서?

머리가 빙글빙글 돌았다.

컴퓨터 안에 담긴 나머지 파일 전부가 내 사진이라는 사실을 확인한 후 메일을 열어 보았다. 패스워드가 등록되어 있어 수신함을 쉽게 열어 볼 수 있었다. 무료 메일이었으며, 내가 아는 메일 주소가 아니었다.

그 아이디에는 메일이 열 통 정도밖에 오지 않았지만, 한 페이지에 표시된 메일 제목을 보고 나는 또다시 내 눈을 의심했다.

메일 제목은 전부 다 '가와사키 사키코 씨에 대한 건'이라고 되어 있었다. 내가 보낸 메일함에서 히데오가 보낸 메일을 읽어서 추측해 보건대 내 행방을 심부름센터에 의뢰해 찾고 있었던 모양이다. 내가 가와사키 사키코로 살아온 삶을 버리고 종적을 감추고 나서 몇 달에 한 번 조사 보고 메일이 와 있었다. 게다가 내가 아파트에 돌아온 흔적이 없다는 사실, 아파트 이웃이나 근처 상점 등에 수소문했으나 목격 정보가 없다는 사실, 신용카드와 현금카드를 이용한 이력도 없다는 사실이 적혀 있었고, 매번 '여전히 생존 불명'이라고 마무리되어 있었다.

어째서 내 뒷조사를 한 걸까?

최근 뒷조사 보고는 2주 전에 와 있었다. 다른 컴퓨터나 스마트폰으로 확인했는지 '읽음'이라고 표시되어 있었다. 그 말은 뒷조사가 현재 진행 중이라는 뜻이다.

대체 왜?

"여보 뭐 해?"

어느새 미닫이문이 열렸고, 히데오가 서 있었다. 다급히 노트북을 닫고 세워 놓았던 잡지를 덮었다. 들켰을까?

"느긋하게 잡지 좀 읽고 싶어서. 왜? 잠이 안 와?"

심장이 쿵쾅거렸지만 최대한 태연하게 말했다.

"잠깐 잠이 들었는데 목이 말라서."

"그래?"

"조금 전에는 미안해. 피곤해서 예민했나 봐."

"아니야, 신경 쓰지 마."

히데오가 내 등 뒤에서 무릎을 꿇고 팔을 둘러 끌어안았다.

"당신한테 미움받으면 난 못 살아."

평소처럼 자상한 히데오로 돌아와 있었다. 이로 미루어 보건대 노트북은 분명 들키지 않았나 보다. 안심했다.

"미워할 리가 없잖아. 내가 다짜고짜 결혼하자고 했으니까."

히데오가 그립다는 듯이 큭 하고 웃었다.

"그랬지. 당신이 갑자기 나타났을 때는 깜짝 놀랐어."

"당신을 얼마나 만나고 싶었는지 몰라."

"쭉 날 신경 써 줬었지."

"맞아. 시민단체 모임에 참가했을 때부터."

"그런데 그거 말이야."

히데오의 목소리가 밀착된 등을 통해 심장에 울려 퍼졌다.

"정말 시민단체 모임에 참가했었어?"

"응? 당연하지. 그건 왜 물어?"

"회장이 말이야, 널 모른대."

또 '너'라고 불렀다. 갑자기 거리감을 느꼈다.

"회장이라니?"

"시민단체 회장 말이야."

"아…… 전에도 말했지만 난 마지막에 잠깐 참가했거든. 사람이 많았잖아? 회장이 일일이 기억할 리가 있겠어?"

"그런데 명부에 안 실려 있다는데?"

"…… 명부?" 그런 걸 작성했단 말인가. "음, 안 썼을지도 몰라. 정말 잠깐 활동했으니까."

"회장 말론 그건 있을 수 없는 일이래."

"어…… 왜?"

"딱 하루만 참가해도 꼭 자원봉사자 보험에 들게 했대. 그래서 당연히 명부에도 남아 있을 거래."

단단히 밀착한 등은 따스한데 그곳에서 스멀스멀 소름이 퍼져 나갔다.

"아…… 나는 가명으로 참가했거든."

"회장 말로는 예전에 활동하다가 자원봉사자가 다친 적이 있기 때문에 그 이후론 꼭 의무적으로 보험을 가입하게 해서 가명으로 활동하는 건 인정하지 않았다던데? 그럼 당신은 대체 어떻게 참가한 거야?"

"왜 그렇게 캐묻는 거야?"

내 말에 히데오가 침묵했다. 잠시 후 가벼운 웃음소리가 귀를 스쳤다.

"그건 그래. 아무래도 상관없지. 우리 오늘 밤따라 왜 이러지?"

히데오가 몸을 떼어 내더니 내 곁에 앉았다.

"얼마 전에 회장한테서 오랜만에 전화가 왔거든. 늦었지만 결혼 소식을 전하면서 그때 당신에 대해 물었더니 모른다고 해서 그냥 이상하다 싶었거든. 뭐 분명 실제로는 얼마든지 가명으로 참가할 수 있는 방법도 있었겠지."

"맞아. 억지로 전단지 배포 그룹에 끼워 넣지 뭐야."

난 웃어 보였다. 하지만 어색함은 숨길 수 없었다. 히데오는 어색함을 알아차리지 못한 듯이, 아니면 모르는 척하는 건지 기지개를 쭉 켜며 일어섰다.

"차 한 잔 마시고 다시 자야겠다. 당신은 계속 읽을 거야?"

"응, 조금만 더 읽을게."

"알겠어. 그럼 먼저 잘게. …… 나흐트."

"응, 뭐라고?"

"구테 나흐트."

의아한 표정을 짓는 나를 히데오는 시험하듯이 바라보고 있었다.

"독일어야."

나는 놀라서 숨을 멈추었다.

"아…… 그렇지? 오래전에 살다 와서 어려운 말은 잊어버렸어."

"그래? '잘 자'라는 인사도 잊어버리나 보네."

미닫이문이 닫혔다. 냉장고가 여닫히는 소리. 차를 따르는 소리. 싱크대에 컵을 놓는 소리. 그리고 계단을 올라가는 소리.

긴장이 확 풀려 나는 노트북 위에 엎드렸다.

컴퓨터가 여기에 있다는 사실. 내가 보고 있었다는 사실. 들킨 걸까. 아니, 그것보다 더 중요한 게 있다.

내 사진, 나에 대한 보고서, 그리고 조금 전에 나눈 대화.
어쩌면 히데오는 내 정체를 알고 있을지도 모른다.

한숨도 자지 못한 채 아침을 맞이했다.

퍼붓던 비가 서서히 잦아들고 비가 그치는 모습을 침실 창가에서 내내 바라보고 있었다. 며칠 만에 비쳐든 아침 햇살에 환하게 눈이 부셨고, 히데오에게 느끼기 시작한 위화감과 의심은 모조리 내 착각인 것처럼 여겨졌다.

하지만 착각이 아니다. 이유는 알 수 없지만 히데오가 가와사키 사키코의 사진을 가지고 있었고, 행방을 수소문하고 있었으며, 사토 에리에게 의심을 품기 시작한 것은 변치 않는 사실이다. 그리고 가지고 있을 리가 없는 인공심장 투자용 팸플릿 데이터를 몇 가지 버전으로 가지고 있다는 사실도.

알람이 울렸다. 하지만 히데오는 여전히 태평하게 쌔근쌔근 잠을 자고 있었다.

"아침이야, 어서 일어나. 아침 준비할게."

그를 깨우고 나서 부엌으로 가 아침을 준비했다. 히데오와 함께 밝은 얼굴로 식탁에 앉아 평소와 같은 아침을 억지로 연출했다. 히데오를 배웅한 후에는 아키코를 데리러

가기 위해 집을 나섰다.

지금까지 그의 눈에 나는 어떻게 비쳤을까. 부지런히 요리를 하고 늘 서글서글하고 원하면 순순히 몸을 맡기는 여자. 그를 용케 속이고 있다고 착각하고 있던 나를 비웃어 왔던 걸까.

혹시.

혹시 히데오가 내 정체를 다 알면서도 아무것도 모르는 척 결혼 생활을 이어 왔다면.

그 목적은 하나밖에 없지 않을까. 나를 죽이는 것.

나만 사라지면 더 이상 그를 협박할 사람은 없다.

그동안 그의 장난에 놀아났다고 생각하자 등줄기가 서늘해졌다. 그는 내 운명을 손아귀에 쥐고 있다. 언제든지 뭉개 버릴 수 있다.

지금부터 어떻게 행동해야 할까.

지금은 어찌 됐거나 히데오가 내 정체를 알고 있다는 사실을 알아차렸다는 것을 절대로 들켜서는 안 된다.

아주 자연스럽게 지금까지 해 온 것처럼 행동하는 거다. 히데오가 나를 가지고 놀 생각이라면 나는 나대로 완전 속아 넘어간 멍청한 여자를 계속해서 연기해야만 한다.

지금까지 느껴 왔던 것과 다른 긴장감에 몸이 뻣뻣해

졌다.

병실로 가니 아직 아침을 먹고 있던 아키코가 눈을 끔뻑거렸다.

"새언니, 너무 일찍 온 거 아니에요? 채혈이랑 아직 다른 검사도 남았는데."

"아가씨가 퇴원하는 게 너무 기뻐 들뜬 마음을 주체할 수 없어서 일찍 왔네요."

히데오와 집에 있는 게 두려워서라고는 차마 말하지 못하고 그렇게 둘러댔다. 하지만 아키코는 "언니도 참 못 말린다니까"라며 기쁜 표정을 지었다.

"어머, 짐이 또 늘었네요?"

나는 벽에 쌓인 박스를 응시했다. 여덟 박스 정도 있었다. 병원 박스를 얻었는지 무미건조한 글씨체로 약품과 의료 기구 명칭이 인쇄되어 있었다.

"어제까지 뜨개질을 붙잡고 있었거든요. 가볍지만 부피가 커졌네요. 나머지는 입원한 친구한테 작별 선물로 이것저것 받았어요."

아키코가 서운한 듯이 말했다.

"모두와 헤어지는 건 역시 서운하죠?"

"네. 퇴원하는 건 물론 정말 기쁘지만 말이죠. 그래도 매일 같이 있었잖아요. 오빠랑 있었던 시간보다 더 긴 시간을 함께 보냈으니까요. 저한테는 가족이나 마찬가지예요."

"아, 그렇겠네요."

"게다가……."

아키코가 하던 말을 끊었다.

"이제 두 번 다시 못 만날지도 모르고요."

가슴이 아팠다. 지금까지 친구를 여럿 보냈다고 아키코가 했던 말을 떠올렸다. 아키코가 집에서 요양하는 동안에 친구들이 세상을 떠날 가능성도 있거니와, 아키코 자신이 세상을 떠날 가능성도 있다.

박스를 들여다보니 알록달록한 포장지와 리본이 보였다. 그들이 어떤 심정으로 이 선물을 마련하고, 아키코가 어떤 심정으로 받았을지 상상하자 가슴이 먹먹해졌다.

"이게 다 뭐야. 링거 박스, 주사기 박스…… 엄청 수상해 보이지 않아요?"

침울한 분위기를 떨쳐내듯이 아키코가 밝게 말했다.

"많이 수상해 보여요. 승차 거부당할지도 모르겠네요."

아하하 하고 마주 보고 웃었다.

아침을 먹은 후 간호사의 채혈과 주치의의 마지막 회진

이 있었다. 주치의가 아키코의 복부에 붙어 있는 거즈를 걷어 내자 케이블이 관통한 부위가 드러났다. 안쓰러워서 나는 무심코 시선을 돌렸다.

"깔끔하네. 집에서도 계속 소독 열심히 해."

주치의로부터 자택 요양 시 주의해야 할 점과 앞으로의 통원 스케줄에 대해 설명을 듣고 정식으로 퇴원 수속을 밟았다.

아키코가 옷을 갈아입는 동안 나는 세면도구와 잠옷과 같은 오늘 아침까지 사용하던 물건을 박스에 담고 있었다.

"먼저 내려가 있을게요. 퇴원 수속을 밟고 병원비 계산할게요."

"알겠어요. 옷을 다 갈아입으면 저도 바로 갈게요."

간호사 대기실에서 빌린 바퀴 달린 카트에 박스를 싣고 엘리베이터를 타고 1층으로 내려갔다. 원무과에서 퇴원 수속을 밟고 있는 동안에 현실로 돌아와 히데오에 대한 생각으로 마음이 무거워졌다.

무슨 낯으로 그를 대해야 할지 알 수 없었다. 다만 앞으로는 아키코가 집에 쭉 있을 것이다. 히데오와 둘만 있을 일은 없을 거라 생각하자 마음이 놓였다.

때마침 수납을 다 끝내고 나자 아키코가 "기다리게 해

서 미안해요"라며 다가왔다.

평상복을 입고 서 있는 아키코를 본 순간 히데오에 대한 생각이 머릿속에서 단숨에 사라지고 무심코 눈물이 글썽해졌다.

평소보다 더 깔끔하게 빗어 넘긴 머리, 산뜻한 파란색 반팔 블라우스, 고급스러운 새하얀 롱스커트를 입은 모습을 보자 건강하고 행복한 청춘을 즐기는 젊은 여성으로 보였다.

아키코는 아담한 가방끈을 어깨에 걸치고 있었다. 예전에 직접 바느질해서 만든 앙증맞은 꽃무늬가 들어간 가방이었다. 설마 이 안에 그녀의 생명을 좌지우지하는 인공심장 컨트롤러가 들어 있을 줄은 아무도 모를 테다.

"오늘 한 브래지어, 언니가 가져다준 카탈로그에서 산 거예요. 고마워요."

에헤헤 하고 웃으며 귓속말을 했다. 함박웃음을 짓고 있는 모습이 역시 병실에 있을 때와 달리 생기가 넘쳤다.

"화장도 했네요. 너무 예뻐요."

"고마워요. 오빠 카드로 질렀어요."

혀를 쏙 내밀었다. 이 아이에게 있어서 히데오는 둘도 없이 다정다감한 오빠일 것이다. 설령 살인범이라 할지라도.

짐을 실은 카트를 둘이서 밀며 밖으로 나갔다. 병원 앞에 대기하고 있던 택시에 짐을 싣고 집으로 향했다.

"야호, 집이다!"

현관을 열자마자 아키코가 환호성을 질렀다. 신발을 벗어 던지고 복도를 빠져나가 거실로 갔다.

"역시 집이 최고야!"

"방, 볼래요?"

"볼래요. 볼래요."

"잠깐만요."

나는 박스를 전부 다 실어 나르고 계단 난간을 알코올 스프레이로 소독했다.

"그렇게까지 할 필요 없는데. 그래도 고마워요, 언니. 세심하게 신경 써 줘서."

아키코가 난간을 붙잡고 계단을 천천히 올라갔다. 만에 하나 아키코가 미끄러져도 떠받칠 수 있도록 나는 그 뒤를 따라갔다.

"예뻐요! 근사해요."

방에 들어간 아키코가 눈을 반짝이며 방 한가운데에서 빙그르 돌았다.

"시트 정말 예뻐요. 커튼도 새로 갈아 줬네요. 신나요!

진짜 고마워요."

"가구랑 소품은 아가씨가 마음에 드는 걸로 조금씩 갖춰 나가요."

"그럴게요! 와, 역시 내 방이 최고네요."

아키코가 침대에 걸터앉았다. 재잘거리고 있었지만 어딘지 모르게 버거워 보였다.

"괜찮아요? 역시 계단 오르기가 힘들죠? 아래층에 있는 다다미방으로 옮길래요?"

"아니요, 그냥 좀 피곤한 거예요. 2층이 좋아요. 계단 정도쯤은 오르내려야죠. 눈 좀 붙이면 괜찮아져요."

"그럼 천천히 쉬어요."

"네."

아키코가 침대에 누웠고 나는 문을 닫았다.

아래층으로 내려가 박스에서 아키코의 빨랫감을 꺼내 세탁기를 돌렸다. 잠시 쉴까 싶어서 소파에 앉았더니 어제부터 쌓인 긴장감이 풀리면서 피로가 확 밀려왔다. 히데오가 없다는 해방감과 아키코가 있다는 안도감도 컸다.

빨래가 끝날 때까지 잠시 눈이라도 붙이자.

나는 앉은 채 눈을 살포시 감았다.

등줄기가 서늘해지는 것을 느끼고 눈을 뜨자 히데오의 얼굴이 바로 앞에 있었다. 나는 숨을 훅 들이쉬고 몸을 순간적으로 움츠렸다.

"아, 미안. 깨울 생각은 없었어."

히데오의 한쪽 손은 내 목을 움켜쥐듯이 놓여 있었다. 반사적으로 뿌리쳤다.

"…… 뭐 하는 거야?"

"숨을 안 쉬는 것처럼 보여서 놀랐거든. 맥이 뛰는지 확인하고 있었어."

"손목으로 확인해도 되잖아."

"나는 늘 양쪽 다 확인하거든. 습관적으로."

"그래……?"

거실에 비쳐드는 빛은 이미 붉은색을 띠고 있었다.

"어머, 벌써 저녁이야? 빨래 다 구겨졌겠네."

소파에서 일어나 히데오로부터 달아나듯이 세탁실로 갔다.

세탁기 덮개를 열어 바구니에 빨래를 담았다. 하지만 여전히 히데오의 손의 감촉이 남아 있는 느낌이 들어서 목덜미에 소름이 돋았다. 맥이 뛰는지 확인하려 했다는 게 사실일까.

설마?

등 뒤로 그림자가 비쳐서 흠칫 돌아보았다. 히데오가 서 있었다.

"간 떨어질 뻔했잖아."

"미안…… 도와주려고."

"됐어."

"그래……?"

"응, 얼마 안 되거든."

하지만 히데오는 나가지 않고 가만히 서 있었다.

"왜?"

"고마워."

"뭐가?"

"아키코 말이야. 정말 행복한 표정으로 자고 있었어. 방, 새로 꾸며 줬지?"

"아아…… 그 정도쯤이야."

"난 남자라서 잘 모르지만 인테리어가 센스 넘친다는 건 알겠더라. 정말 고마워."

히데오는 미소를 짓더니 세탁실에서 나갔다.

나는 숨을 내쉬고 목덜미를 가볍게 어루만졌다.

역시 내 생각이 지나친 거였을지도 몰라. 아무리 그래도 아키코가 2층에 있는데 말이야.

애초에 지금까지 쭉 단둘이 지내왔다. 만약 죽일 생각이 있었더라면 기회는 얼마든지 있었을 것이다.

아니, 그렇다 해도…….

지금까지 무사했던 것은 내가 아무것도 몰라서일지도 모른다.

만약 내가 알아차렸다는 사실이 발각되었다면.

그때야말로…….

침을 꼴깍 삼켰다.

─살해당할지도 모른다.

灼熱

10

한창 저녁 준비를 하는 데도 집중할 수 없었다.

채소와 고기를 칼로 써는 손이 떨렸다. 그리고 문득 여차하면 이게 흉기가 될지도 모른다는 생각이 들었다.

둘러보니 부엌에는 흉기가 많았다. 칼은 물론이거니와 얼음송곳과 게의 등딱지도 자를 수 있는 날카로운 부엌 가위, 고기를 두드려서 부드럽게 만드는 망치, 고기에 꽂는 온도계, 대리석으로 만들어진 면 반죽기 등. 히데오가 없을 때 나는 그 물건들을 서랍 안에 넣어 두었다.

"배고파. 저녁은 뭐예요?"

아키코의 태평스러운 목소리에 정신이 돌아왔다.

"햄버그스테이크에 양파수프, 그리고 시저 샐러드예요."

"와, 레스토랑에 온 것 같아요. 아, 접시 정도는 저도 나를게요."

아키코가 부지런히 접시를 놓고 밥을 펐다.

"오빠는요?"

"씻고 있어요. 푹 잤어요?"

"네. 병원에 있을 때는 이렇게 푹 잔 적이 없어요. 역시 긴장하고 있었나 봐요."

"역시 집이 제일이죠."

샤워를 끝낸 히데오가 잠옷에 타월을 걸친 모습으로 부엌으로 다가왔다.

"오빠, 얼른 앉아. 목이 빠져라 기다렸어."

아키코의 재촉에 히데오가 "알겠다니까" 하고 웃으며 자리에 앉았다.

"역시 갓 만든 음식이 제일 맛있어요!"

아키코가 따끈따끈한 양파수프를 호로록 들이켰고, 햄버그스테이크를 입 안 가득히 채워 넣었다. 가끔 병원에 직접 만든 반찬을 가져가기도 했지만 아무래도 가져다주기까지 시간이 걸렸다. 이렇게 아키코에게 따듯한 식사를 대접할 수 있다는 게 진심으로 기뻤다.

"샐러드드레싱 맛있어! 이거 혹시 직접 만들었어요? 대단하다."

"어머, 쉬워요."

"아키코, 너도 가만히 있지만 말고 요리도 직접 해야지.

언니한테 배워."

"싫어, 아무리 용을 써도 난 절대 이렇게 맛있게 못 만들어. 내 전문은 먹는 거야."

"너도 참."

셋이서 웃었다. 온화하고 단란한 풍경이었다. 하지만 왠지 모르게 히데오에게 긴장감이 팽팽하게 느껴졌다.

히데오를 슬쩍 쳐다보다 눈이 마주쳤다. 날카로운 시선. 파헤치는 듯한 시선. 지금까지와는 명백하게 달랐다.

"둘이 뭐야."

아키코가 갑자기 깔깔대며 웃기 시작했다.

"조금 전부터 계속 둘이 쳐다보고만 있고."

"응? 그게⋯⋯."

"아니에요."

머쓱하게 시선을 돌리고 서로 각자의 접시에 코를 박았다.

조명 밑에서 히데오의 손에 들린 나이프와 포크가 번뜩였다.

이것도 흉기가 될 수 있어—.

섬찟해하며 나는 떨리는 손으로 햄버그스테이크를 계속해서 썰어 나갔다.

식사 후에 아키코의 샤워 준비를 도왔다.

방수 백에 인공 심장 컨트롤러와 배터리를 넣어서 젖지 않도록 하고, 복부에 난 구멍도 젖지 않도록 거즈 위로 의료용 방수 필름을 씌웠다. 간호사에게 지도를 받았지만 아직 손에 익지 않아서 어려웠다.

"고마워요, 언니. 이 정도면 충분해요."

브래지어와 팬티 차림을 한 아키코가 복부에 붙인 방수 필름을 확인하고 말했다.

"그 가방, 가지고 들어가는 거죠? 씻을 때 거추장스럽지 않아요? 저도 같이 들어갈까요?"

"아니요, 괜찮아요. 샤워기 걸이에 걸쳐 놓으면 되니까요."

"그래요?"

"그냥 샤워하고 나서 소독할 때 도와줘요."

"그건 당연하죠. 무슨 일 있으면 바로 호출 버튼 눌러요."

그렇게 당부하고 욕실 문을 닫았다. 거실로 돌아가자 소파에서 신문을 읽고 있던 히데오가 고개를 들었다.

"고마워. 역시 난 샤워까지는 도와줄 수 없으니까."

"뭐가 고마워. 같은 여자가 돕는 편이 아가씨한테도 편하잖아."

그릇을 씻으려고 싱크대를 쳐다보니 설거지가 끝난 그 릇이 식기 건조대에 놓여 있었다.

"어머, 설거지했네?"

"아키코를 돌보느라 할 일이 늘어난 만큼 내가 할 수 있 는 일은 도울게. 아, 커피 마실래? 내가 탈게. 따뜻한 거? 차가운 거? 어느 걸로 마실래?"

"따뜻한 커피로 할게. 고마워."

나는 소파에 앉았다. 히데오가 등을 돌리고 있는 사이에 노트북을 숨긴 텔레비전 받침대 아래를 확인하니 노트북 은 그 자리에 그대로 있었다. 움직인 흔적은 없었다. 나는 안도의 한숨을 작게 쉬었다.

"자, 마셔."

향이 감미로운 커피가 티 테이블에 놓였다. 머그잔이 하 나밖에 없었다.

"당신은 안 마셔?"

"점심에 많이 마셨거든. 더 마시면 잠이 안 올 것 같아."

"그래?"

나는 김이 나는 검은 액체를 뚫어져라 바라보았다.

"방에서 아로마 향초라도 켜놓고 느긋하게 마실게."

"응? 아, 그러든지."

히데오가 미소를 지으며 신문으로 다시 시선을 떨어뜨렸다.

나는 머그잔을 들고 일어섰다. 그리고 그길로 2층으로 올라가 커피를 세면대에 부어 버렸다.

샤워를 마친 아키코의 소독을 도운 후 나도 샤워를 했다.

머리를 말리고 나서 욕실에서 나오니 1층 불은 이미 꺼져 있었다. 두 사람 다 잠이 든 모양이다.

나는 부엌으로 가서 매립등을 켰다. 선반에서 브랜디를 꺼내 잔에 따랐다. 조리대에 기대선 채 들이켜듯이 마셨다.

목이 순식간에 알싸해지고 머릿속이 멍해졌다. 나는 잔을 비우고 나서 술을 다시 따라 입에 머금었다.

2층에서 문이 열리는 소리가 들리고 누군가가 계단을 내려왔다. 묵직한 발소리에서 히데오라는 사실을 알 수 있었다.

"당신 샤워 다 했어?"

부엌으로 들어온 히데오는 조리대에 놓인 양주를 보고 의아한 표정을 지었다.

"오늘따라 밤에 웬 술이야? 게다가 엄청 독한 술이네? 무슨 일 있어?"

"별일 없어. 그냥 한잔하고 싶었어."

"흐음……."

침묵이 흘렀다.

평온한 침묵이 아니라 어둠 속에서 무언가를 필사적으로 파헤치려고 하는 듯한 긴장감이 흘렀다.

게다가 평소라면 "얼른 자자. 당신이 없으면 허전하단 말이야"라고 달콤한 말을 하는데, 그런 말을 일절 하지 않았다.

역시 히데오는 평소와 달랐다.

들켰다.

그는 알고 있다.

내가 알아차렸다는 사실을.

심장이 경종을 울리고 식은땀이 솟구쳤다.

이 집에서 벗어나야 한다.

히데오로부터 떨어져야 한다.

"이렇게 어두운 곳에서 둘이서 뭐 하는 거야? 화장실에 가려는데 속닥거리는 소리가 들려서 쫄았잖아."

매립등 밑에서 서로 노려보듯이 대치하고 있는데 아키코가 복도에서 졸린 표정으로 나타났다.

"본격적으로 달리는 시간이야? 내가 방해했네."

"방해는요."

실제로 마음이 놓였다.

"거짓말."

아키코는 웃으며 히데오와 나 사이를 가르고 들어오더니 한쪽씩 팔짱을 꼈다.

"역시 집이 최고야. 이런 한밤중에도 가족을 볼 수 있으니까."

"아가씨……."

그 한마디로 지금까지 얼마나 아키코가 외로워했는지 새삼스레 깨달았다. 나와 히데오가 서로에게 신경을 곤두세우고 있으면 분명 슬퍼할 것이다. 이 순간만이라도 다정한 사이인 척하자. 아키코를 위해서.

"여보, 슬슬 자요."

내가 애교스러운 목소리를 냈다.

"그게 낫겠네."

"난 신경 쓰지 마. 귀마개 하고 있으니까."

"바보야, 무슨 소리 하는 거야."

윙크를 하는 아키코에게 히데오가 웃으며 주먹으로 머리를 가볍게 콕 쥐어박았다.

"먼저 가 있어. 잔만 씻고 갈 테니까."

"알겠어."

"언니, 잘 자요."

두 사람이 계단 올라가는 것을 지켜보고 여러 도구를 집어넣은 부엌 서랍에서 얼음송곳을 꺼냈다. 잠옷 소매에 감추자 싸늘한 송곳 끝이 피부에 닿았다.

침실 문을 열었다. 히데오는 이미 침대에 누워 있었다. 침대 협탁 등 아래에서 두 눈을 꼭 감고 있는 것이 보였다.

나는 침대 반대편 쪽으로 살며시 가서 얼음송곳을 매트리스 밑에 숨겼다. 나이프를 비롯한 칼을 선택하지 않은 것은 손으로 더듬다 자루가 아닌 칼날을 쥘 가능성이 있었기 때문이다. 얼음송곳이라면 어디가 자루인지 찾기 쉽고, 잘못 쥐더라도 다칠 염려가 없다.

불을 끄고 히데오에게 등을 돌리고 누웠다. 얼음송곳에 손을 쉽게 뻗을 수 있도록 한 손을 매트리스 옆에 내려놓았다. 이렇게 준비를 해 두면 언제든지 몸을 지킬 수 있다.

등 뒤에서 규칙적인 숨소리가 들려왔다. 하지만 나는 히데오도 잠들지 않았다는 사실을 기척으로 알 수 있었다.

알람이 울리기 전에 부스럭대는 소리에 잠에서 깼다. 소리는 복도에서 들렸다. 침대에 히데오가 없었다.

문을 여니 아키코의 방에 미처 다 들이지 못한 박스를 히데오가 뒤지고 있던 차였다. 아키코도 잠에서 깨 "오빠, 시끄러워"라고 뾰로통한 소리를 내고 있었다.

"컴퓨터 어디 있어?"

"뭐?"

"노트북 말이야. 너한테 맡겼잖아."

간담이 서늘해졌다.

"그 노트북은 며칠 전에 새언니가 가져갔어."

"뭐라고?"

히데오가 나를 돌아보았다. 안경 안에 자리한 싸늘한 눈.

"아니, 난 안 가져왔어."

나는 다급히 고개를 가로저었다.

"언니가 캐리어에 실어 갔잖아요. 망가지면 안 된다면서요."

"무거워서 결국에는 안 가져왔어요. 박스 어딘가에 집어넣었을 텐데요."

"그랬어요? 오빠, 안 됐지만 힘내서 찾아."

"짐이 왜 이렇게 많아."

투덜거리며 히데오가 박스를 계속해서 뒤졌다. 하지만 의심으로 가득 차 있는 그 표정은 명백하게 내 말을 믿지 않는 듯했다.

더 이상 꾸물댈 시간이 없어. 이제 여기서 떠나야 해.

"퇴근하고 나서 찾지 그래? 출근 시간 늦겠어. 아침 얼른 준비할게."

"시간이 벌써 그렇게 됐어?"

히데오가 움직이던 손을 멈추고 박스를 대충 쌓아 올리더니 출근 준비를 하러 침실로 돌아갔다.

나는 부엌으로 가서 아침을 서둘러 준비했다. 같이 먹고 나서 평소대로 히데오의 모습이 사라질 때까지 문 앞에서 손을 흔들었다. 히데오를 배웅하는 것은 분명 이게 마지막일 테다.

부엌으로 돌아오자 옷을 갈아입은 아키코가 아침을 먹기 시작했다.

"우리 오빠, 매일 아침마다 이렇게 진수성찬을 먹고 있었던 거예요?"

"진수성찬은요."

"진수성찬이죠. 신난다, 앞으로 매일 아침마다 이렇게 맛있는 밥을 먹을 수 있다니."

아키코의 말에 마음이 조금 아팠지만 "잠시 외출 좀 해야 할 것 같아요"라고 말을 꺼냈다.

"미안하지만 급한 일이 생겼어요. 그런데 아가씨를 돌볼 사람이……."

"아, 때마침 잘 됐어요. 친구가 병문안 오기로 했거든요. 걔는 간호사라서 의료기기도 다룰 수 있어요. 되도록 빨리 오라고 할 테니 신경 쓰지 말고 나가요."

"고마워요."

뒷정리와 빨래를 하고 나서 나갈 채비를 하는데 아키코의 친구가 왔다. 야근을 서야 해서 다섯 시 반에는 나서야 한다고 했기 때문에 그때까지 친구에게 간호를 부탁하고 서둘러 집을 나섰다. 오늘 안에 피신할 곳을 정하고 일자리도 구할 생각이었다.

가와사키 사키코로 원래 살고 있던 아파트는 포기해야 한다. 히데오가 모르는 곳이 아니면 무의미하다. 통장과 현금카드, 신용카드를 사용하면 발각된다. 따라서 바로 일을 시작해 돈을 버는 수밖에 없다.

히데오의 집에서 일부러 무작위로 전철을 갈아타 두 시간 이상 떨어진 아담한 동네에서 나는 집을 몇 군데 둘러보았다. 비좁아도 보안이 철저한 집을 구했다. 보증인이 없어서 보증회사를 거치게 되어 심사에 며칠이 걸릴 거라는 소리를 들었다.

어쩔 수 없다. 심사가 끝나 입주할 수 있을 때까지 호텔에 숨어 지내는 수밖에 없다.

여러 절차를 밟고 나서 다시 두 시간 이상 걸려 히데오의 집으로 돌아왔다. 집에 돌아올 무렵이 되자 이미 여섯 시를 앞두고 있었다. 히데오가 귀가하기 전에 서둘러 짐을 싸야만 했다.

초조했지만 아키코가 염려되어 바로 방에 들렀다.

"다녀왔어요, 아가씨. 미안해요, 생각보다 늦어졌죠?"

아키코는 침대에 앉아서 노트북을 보고 있었다.

"다녀왔어요? 서너 시간 정도는 혼자 있어도 괜찮아요. 신경 쓰지 마요."

"뭐 해요?"

"이력서 써서 온라인 취업 사이트에 등록하고 있어요."

"그래요?"

무척이나 긍정적인 아키코가 눈부셔 보였다.

"그럼 나갈게요. 집중해요."

적어도 아키코의 생활이 안정될 때까지는 지켜보고 싶었다는 생각을 하며 문을 닫았다.

침실에서 갈아입을 옷을 비롯한 개인 물품을 캐리어에 쌌다. 그러고 나서 현금을 되도록 많이 긁어모았다.

더 필요한 게 없는지 다다미방과 거실을 둘러보았다. 문
득 텔레비전 받침대 밑으로 신경이 쏠렸다.

행여 모르니 내용물을 복사해 가야겠다는 생각이 들
어 노트북을 끄집어냈다. 티 테이블 위에서 노트북을 켜고
USB를 꽂아 폴더를 모조리 다 선택했다. 사진이 많아서
로딩하는 데 시간이 걸렸다.

초조해하며 기다리고 있는데 아키코가 계단을 내려왔
다. 노트북을 다급히 덮는 것과 동시에 아키코가 거실로
들어왔다.

"언니, 저녁— 어라? 오빠 컴퓨터잖아요. 찾았네요, 다행
이에요!"

"네, 조금 전에 찾았어요."

"찾을 때는 안 보이더니. 어디에 있었어요?"

"링거 상자에 있더라고요."

"어? 전부 다 뒤졌는데?"

"아, 착각했네요. 주사기 상자에서 찾았어요."

"그것도 뒤졌어요."

"그랬어요? 어쨌든 박스에—."

"언니도 참."

어째서인지 아키코가 서글픈 표정으로 얼굴을 일그러

뜨렸다.

"…… 이제 괜찮아요, 애쓰지 않아도."

"네?"

아키코는 내 옆에 앉더니 노트북에서 USB를 뺐다.

"나흘 전 저녁이랑 사흘 전 한밤중이랑 그리고 지금."

"무슨 소리예요?"

"언니가 이 컴퓨터를 켜서 파일을 확인했던 시각이요."

내 머릿속에서 핏기가 싹 가셨다.

"아가씨, 어떻게……."

"언니한테 건네기 전에 스파이웨어를 깔아 뒀거든요.
내 컴퓨터에 알람이 오도록 설정해 놨어요."

순간적으로 말문이 막혔다. 하지만 간신히 정신을 되찾
았다.

"그거, 저 아니에요. 그이예요. 실은 이미 진즉에 컴퓨터
를 찾았는데 아가씨를 놀리려고―."

"카메라."

아키코는 내 말을 가로막더니 노트북을 열어 작은 렌즈
를 가리켰다.

"원격으로 조작할 수 있어요. 언니 얼굴이 확실히 찍혀
있어요."

나는 더 이상 아무 말도 하지 못하고 믿을 수 없다는 심정으로 아키코를 바라보았다. 공허할 만큼 투명한 아키코의 눈이 나를 뚫어져라 다시 쳐다보았다.

　"언니…… 당신은 대체 누구예요?"

灼熱

11

무거운 침묵이 흘렀다.

얼어붙은 나를 보고 기다리다 지쳤는지 아키코가 내 얼굴을 다시 들여다보았다.

"언니. 당신은 누구예요? 목적이 뭐예요?"

"…… 오해예요."

간신히 말을 쥐어짜 냈다. 아키코는 끝까지 이렇게 나올 거냐는 듯이 고개를 갸웃거렸다.

"아가씨, 뭔가 오해가 있어요. 전 그냥 노트북을 열어 봤을 뿐이에요. 그이가 뭘 숨기고 있는 것 같아서 신경 쓰였거든요. 그야 아가씨한테 노트북을 맡겼다는 건 내 눈에 띄지 않도록 했다는 거잖아요. 바람이라도 피우는 게 아닌가 불안해져서—"

"이제 연기는 그만하라니까요."

아키코가 씁쓸하게 웃었다.

"이 컴퓨터는 말이죠, 리트머스 용지였어요."

"…… 리트머스 용지요?"

"네. 언니가 우리 편인지 아닌지 판단할 리트머스 용지요."

"무슨 뜻이에요?"

"전원을 켜면 내 컴퓨터에 알람이 오도록 설정했다고 조금 전에 말했잖아요. 어떤 파일을 열어 봤는지도, 뭘 했는지도 다 알 수 있도록 돼 있어요. 그런데 사흘 전에도, 나흘 전에도 언니는 보기만 하고 별다른 행동은 취하지 않았잖아요. 난 언니를 정말 좋아해서 이대로 아무 일도 없으면 좋겠다, 우리 편이었으면 좋겠다 간절히 바랐어요. 그런데 지금 USB를 꽂아 복사하기 시작했잖아요. 그렇다면 완전히 아웃이죠."

"아, 그건……."

변명하려고 했지만 이어갈 수 없었다.

"나 말이죠, 애초에 언니를 안 믿었어요."

"…… 네?"

"오빠랑 결혼하겠다고 했을 때 정말 기뻤어요. 우리 오빠도 드디어 행복해지는구나, 우리 오빠를 이해해 주는 사람이 나타났구나 하고요. 그런데 언니를 만났을 때 그게 착각이었다는 걸 알았죠. 그야."

아키코는 거기서 말을 끊고 나를 똑바로 쳐다보았다.

"언니는 우리 오빠를 눈곱만큼도 좋아하지 않았잖아요."

부정하려고 했지만 할 말이 없었다.

"저기요, 언니."

아키코가 코웃음 쳤다.

"그런 건 금방 알 수 있어요. 말로는 아무리 좋아한다고,
같이 살고 싶다고 해도 언니가 우리 오빠를 쳐다보는 눈이
섬찟할 만큼 차가웠거든요. 추잡한 걸 보는 것처럼 말이죠.
오빠랑 조금이라도 닿을 것 같으면 다급히 몸을 피한다든
지, 되도록 눈도 마주치지 않으려 했으니까요."

나는 대답하지 못하고 고개를 푹 숙였다. 아키코는 그런
내 반응을 싸늘하게 관찰하고 있었다.

"왜 좋아하지 않는 사람이랑 결혼하려고 하나. 왜 같이
살려고 하나. 이상하다 싶었어요. 그래서 나, 언니를 계속
감시했어요."

"네?"

"몰랐죠? 언니한테 처음 문자 보낸 날, 악성 코드를 보
내서 스마트폰을 훔쳐볼 수 있게 했어요. 그랬더니 언니가
날마다 우리 오빠 통장을 찍거나 온라인으로 신용카드 명

세서를 확인하면서 우리 가족이나 우리 오빠에 대해서 파헤치고 있더라고요. 깜짝 놀랐어요."

거기까지 발각된 건가. 입이 바짝 타 들어갔다.

"그래도."

아키코의 어조가 서글픈 기색을 띠었다.

"중간부터 언니, 우리 오빠를 진심으로 좋아하게 됐죠?"

"아……."

"그것도 바로 알겠더라고요. 우리 오빠 이야기를 할 때 짓던 언니의 표정이 달라졌거든요. 기뻐 보이고 사랑하는 듯했거든요. 게다가 오빠에 대해서 더 이상 캐지 않더라고요. 나, 정말 기뻤어요. 언니가 이제 과거를 잊어 줄지도 모른다. 없었던 일로 해 줄지도 모른다. 앞으로 가족으로 평화롭게 살아가 줄지도 모른다. 그래서……."

아키코는 내 손에 들린 노트북을 잡아당기더니 일어났다.

"그래서 건네줬어요. 아무 조치도 취하지 않길 바라면서요. 그런데…… 정말 유감스럽네요."

아키코는 노트북을 치켜들더니 바닥에 힘껏 내리쳤다. 컴퓨터는 의외로 단단한지 망가진 것 같지 않았다. 하지만 아키코의 고요한 변화에 등골이 오싹해졌다.

"그리고 언니, 집에 있는 흉기가 될 만한 물건들을 다 숨겼죠?"

아키코의 흐트러진 긴 앞머리 사이로 날카로운 눈이 들여다보였다.

"신변의 위험을 느낀 거죠. 켕기는 행동을 하고 있다는 증거죠."

"그건……."

"조금 전에 침실에서 이런 걸 발견했지 뭐예요."

아키코가 스커트 주머니에서 얼음송곳을 꺼냈다.

"이런 게 없으면 잠도 못 잘 만큼 무서웠어요? 언니도 참…… 대단하네요."

송곳 끝을 나에게 들이밀고 천천히 다가왔다. 나는 벌떡 일어나 뒷걸음질 쳤다.

"언니는 왜 우리 오빠를 함정에 빠뜨리려고 하죠?"

"그런 적 없어요. 진짜예요."

"그럼 왜 그런 거죠? 기자라도 돼요?"

예리한 송곳 끝을 응시하면서 아키코를 자극하지 않도록 한 걸음 한 걸음 뒤로 달아났다.

"기자일 리가 없잖아요."

"그럼 뭐예요?"

"난. 난―."

입이 찢어져도 진실은 밝힐 수 없다. 아키코가 더 격분할 게 뻔했다.

"거봐, 말 못 하네."

아키코가 비웃었다.

"언니, 오빠가 어떤 남자를 죽였다는 건 알죠? 그래서 증거를 찾는 거 아니에요?"

자신에게 흉기가 들이대진 벼랑 끝에 몰린 상황인데도 아키코의 말에 놀라서 숨을 멈추었다.

"그이가…… 죽였다고 했어요?"

"이제 와서 시치미 떼지 마요."

"잠깐만요. 정말 죽였어요?"

"다 알면서 무슨 소리예요. 그게 알고 싶어서 우리 오빠한테 접근했잖아요."

머리가 핑글핑글 돌았다. 히데오는 역시 살인범이었다. 예상은 하고 있었다. 각오도 물론 되어 있었다. 하지만 진실을 막상 접하자 충격이 컸다.

"오빠가 살인범으로 잡히면 내가 곤란해져요. 이런 몸으론 혼자 살아가기 힘들거든요. 그 사건이 일어난 후 계속 벌벌 떨면서 살았어요. 그래도 시간이 흘러 이젠 다행이라며, 평온한 삶이 찾아왔다며 겨우 안심하게 되었죠. 그러던 찰나 언니가 나타났죠. 이제 와서 왜 이러죠? 그냥 내버려 둘 수는 없었어요?"

"잠깐만요, 아가씨. 진정해요."

"증거는 없을 거예요. 그때 몰던 차도, 피가 묻은 옷도 처리했다고 오빠가 말했거든요. 목격자도 없다고 했지만 어차피 아마추어잖아요. 뜻밖의 결정적인 증거가 남아 있을지도 모른다고 생각할 때마다 정말 두려웠어요. 언니는 대체 무슨 증거를 찾았어요?"

"차라니, 무슨 소리예요?"

아키코는 흠칫 놀란 듯이 손으로 입을 가렸다.

"말이 너무 길어졌네요. 조금 전부터 나 혼자만 너무 떠들었네요. 이야기를 질질 끄는 것도 언니 수법이에요?"

"아니에요. 그런데 정말 그이가 죽였어요?"

"이제 언니 수법에는 놀아나지 않을 거예요. 언니는 이제 이 집에서 한 발자국도 나갈 수 없으니까요."

"그 말은…… 날 죽이겠다는 거예요?"

아키코는 잠자코 한 발자국씩 다가왔다.

"아가씨, 그만해요. 날 죽여서…… 어쩌겠다는 거예요."

"모르죠. 그래도 오빠가 분명 수습해 주겠죠."

"그이가요……? 그럼 그이는 이 사실을 알고 있어요?"

"난 더 이상 아무 말도 안 할 거예요."

아키코는 입을 꾹 다물고 거리를 좁혀 왔다. 히데오도 내가 죽기를 바란다고 생각하자 충격이었다.

역시 그가 베풀던 자상함과 애정은 모두 거짓이었다. 그는 정말 살인범이었고, 내 존재를 지우고 싶어 하고 있다.

진심으로 사랑하기 시작했는데.

거짓으로 점철된 부부 관계. 진실된 사랑이 싹틀 리 없었던 거다.

—난 의사잖아. 누굴 죽이겠다면 아무한테도 의심받지 않도록, 들키지 않도록 처리할 거야. 시체도 깔끔하게 토막 낼 수 있어.

예전에 그가 농담 삼아 했던 말을 떠올리자 몸이 떨렸다.

내 등이 부엌 조리대에 부딪쳤다. 나란히 세워져 있던 과일과 채소가 담긴 유리병이 도미노처럼 쓰러져 바닥에서 깨졌다. 아키코의 신경이 분산된 틈에 달려서 도망치려고 했다. 하지만 젖은 바닥에 미끄러져 유리 파편에 손과 무릎을 찧고 말았다. 바닥에 넘어진 채 아파서 꼼짝도 할 수 없게 되었다.

시야 가장자리에 아키코가 얼음송곳을 쥔 손을 휘두르

는 모습이 보였다.

이제 다 틀렸다.

눈을 질끈 감은 순간, 나와 아키코 사이를 무언가가 재빨리 가로막은 기척이 들렸다.

나지막한 신음 소리.

고막을 찢는 듯한 아키코의 비명.

—무슨 일이 벌어진 거지?

눈을 조심스럽게 뜬 것과 동시에 내 옆에서 히데오가 쓰러졌다.

"오빠, 오빠!"

아키코가 반쯤 실성한 듯이 매달렸다. 나도 다급히 일어나 히데오를 안아서 일으켰다. 그때 처음으로 히데오의 가슴에 얼음송곳이 박혀 피가 흐르고 있다는 사실을 깨달았다.

"아아…… 폐까지 다친 것 같은데."

히데오가 일부러 태평하지만 괴로운 듯이 말했다.

"아가씨, 구급차 불러요!"

"아아, 네!"

아키코는 혼란스러워하면서도 난잡한 거실에서 스마트폰을 찾아내 떨리는 손가락으로 번호를 눌렀다.

"구급차 좀 보내 주세요!"

아키코가 수화기를 향해 외치고 있었다.

"출혈이 심해요. 그래서—."

"아가씨, 집 주소부터 불러요!"

내가 외치자 히데오가 희미하게 웃었다.

"내가 한 말 기억하고 있네."

아키코가 주소를 다급하게 전하고 있었다. 이어서 상처와 출혈 상태에 대한 질문에 대답하고 있었다. 구급차를 부르고 나서 "난 구급차가 집을 빨리 찾을 수 있도록 밖에서 기다릴게요. 언니, 오빠 부탁해요!"라고 말하고 뛰쳐나갔다.

아키코가 사라지자 히데오가 내 손을 잡았다. 아주 차가웠고 떨고 있었다.

"놀랐어. 당신이랑 이야기를 나눠야겠다 싶어서 집에 왔더니 아키코랑 싸우고 있어서…… 안 다쳐서 정말 다행이야. 여보, 미안. 아키코를 용서해 줘. 날 지키려고 그 녀석 나름대로 필사적이었을 거야."

"여보, 대체 왜—."

"이제 됐어. 평온한 삶은 끝났어. 속죄해야 할 때가 온 것뿐이야."

"뭐?"

"전에도 말했었지? 난 누구를 좋아할 자격도, 누군가에게 사랑받을 자격도, 행복해질 자격도 없다고. 난…… 난 사람을 죽였거든."

"그럼 당신이 정말……."

"맞아."

히데오의 목구멍에서 피가 쏟아져 나와 입이 새빨갛게 물들어갔다.

"됐으니까 그만 말해. 설령 당신이 다다토키를 죽였다 해도—."

"…… 다다토키 씨? 아아…… 아냐, 그건 아니야."

"지금 당신이—."

"난 다다토키 씨를 죽이지 않았어."

그는 말하며 심하게 콜록댔다.

"무슨 소리야? 무슨 소린지 하나도 모르겠어."

"아키코 잘 부탁할게. 그리고……."

히데오가 내 손을 부여잡았다.

"응?"

"…… 사키코 씨."

"뭐?"

심장이 철렁 내려앉았다.

"넌…… 가와사키 사키코지?"

할 말을 잃었다.

"역시……."

히데오가 희미하게 미소 지었다.

"줄곧 용서를 구하고 싶었어. 내가…… 내가 죽인 사람은 말이지. 네 아버지야."

灼熱

12

시간이 얼마나 흘렀을까.

정신을 차리고 보니 나는 병원 복도에 있었다. 수술 중이라는 빨간 램프가 눈앞에 있었다.

아키코도 함께 왔을 텐데 왜 혼자인가 싶다가 기억이 떠올랐다. 그녀는 충격을 받아 반쯤 실성해서 진정제를 맞고 병실에서 잠들어 있다.

구급차가 오고 나서 지금까지 벌어진 일은 마치 물속에서 보고 있듯이 뿌옜다. 구급차 안에서 히데오의 손을 부여잡고 울부짖는 아키코의 곁에서 나는 히데오가 한 말에 담긴 의미를 곰곰이 생각하고 있었다. 히데오는 구급대원에게 자살하려다가 두 사람에게 저지당해 발버둥 치다 이런 상황이 벌어졌다고 설명했다. 무언가 말하려는 아키코를 다정한 시선으로 가로막더니 그길로 히데오는 의식을 잃었다.

냉방이 너무 잘된 탓인지 무척이나 추웠다. ─아니, 그렇지 않다. 분명 온몸에서 핏기가 가신 거다.

떨리는 내 손에는 봉투가 들려 있었다. 움켜잡아서인지 구겨져 있었다. 구급차에 타기 전에 히데오가 나에게 말했다. 진찰 가방에 들어 있는 편지를 읽어 달라고.

하얗고 밋밋한 사무 봉투. 히데오답다는 생각에 이런 상황에서도 무심코 쓴웃음이 나왔다.

대체 무슨 글이 적혀 있는 걸까.

이 편지를 읽는 게 두렵기도 했다. 하지만 읽어야만 한다.

파르르 떨릴 만큼 한기를 느끼면서도 식은땀에 흠뻑 젖은 손으로 봉투를 찢어 편지를 꺼냈다.

만약 네가 가와사키 사키코 씨가 아니라면 이 편지는 읽지 말고 버려 줬으면 해.

하지만 만약 사키코 씨라면…… 부디 마지막까지 읽어 줬으면 좋겠어.

말을 꺼낼 자신이 없어서 편지를 쓰기로 했어.

이건 내 참회를 기록한 편지야.

의대생 시절에 난 정말 울적했어. 뭣 때문에 의사가 돼야 하는지, 뭣 때문에 이렇게 열심히 공부를 해야 하는지 늘 불만에 가득 차 있었어. 부모님이 주는 압박감에 초등학생 시절부터 공부, 공부. 의대에 들어가서도 아무 의미도 찾아낼 수 없었지. 드라이브를 할 때만 유일하게 숨통이 트였어. 산길이나 바닷가를 돌아다니며 스트레스를 풀었어. 돌이켜 보면 정말 철이 없었지. 그래, 부족함 없이 오냐오냐 자란 나는 구제 불능이었어.

그날 밤에는 아키코가 모처럼 드라이브를 시켜 달라고 했거든. 옆자리에 태워서 평소처럼, 아니 평소보다 더 속력을 냈어. 아키코도 가끔은 갑갑한 몸에서 벗어나 스트레스를 풀고 싶지 않을까 싶었거든.

그런데 갑자기 아키코가 아프다고 하더라고. 얼굴이 새파래지고 호흡 곤란에 빠졌어. 그리고 곧 흰자를 드러내고 의식도 잃었어.

나는 다급한 마음에 서둘러 산길을 내려가기 시작했어. 운이 나쁘게도 비가 내리기 시작해서 시야가 좁아지고 커브 길만 이어지더라고. 갑자기 엄청난 충격이 느껴졌어. 서둘러 급브레이크를 밟고 차에서 내렸더니 남자가 쓰러져 있더라. 목숨을 구하려고 일으켰지만 내장이 손상돼 숨이 간당간당 붙어 있었어.

머릿속이 백지장이 됐어. 아키코는 조수석에서 축 늘어져 있었고 말이야. 이 사고를 신고하는 동안에 아키코가 죽을지도 모른다. 이 남자를 차에 태워 데리고 갈까 싶었지만 죽을 게 뻔했어.

나는 도망치기로 했어. 아키코를 구하기 위해서이기도 했지만 그 상황에서, 사람을 죽였다는 상황에서 도망치고 싶었어. 정말 비겁하고 저질이지?

아슬아슬하게 병원에 도착해서 아키코는 목숨을 간신히 건졌어. 마음이 좀 놓이니 이기적이게도 밤길에 내버려 두고 온 남자가 걱정이 되더라. 신문을 뒤져보니 뺑소니 사건은 기사로 작게 실려 있었고, 남자는 사망했다고 하더라고. 예상은 했지만 충격이었어. 이러지도 저러지도 못하다가 나는 그가 사는 집으로 가봤어. 사죄를 하겠다는 마음이 있었던 건 아니야. 어찌 됐거나 내가 저지른 일의 결과를 두 눈으로 똑똑히 확인하고 싶었어.

때마침 장례식 날이었는데, 열 살쯤 되는 딸아이가 "아빠, 아빠" 하고 울부짖고 있더라. 편부 가정이라는 사실도 귀에 흘러들어 왔어. 친척이 맡아 기를지, 시설에 맡겨질지 하는 현실적인 이야기도 말이야.

도대체 내가 무슨 일을 저지른 거지? 새삼스럽게 내가

저지른 죄의 크기에 짓눌리는 것 같았어. 난 그 아이에게
서 유일한 가족을 빼앗은 거나 다름없었지. 우리 엄마도
일찍 돌아가셨으니 남의 일 같지가 않더라고.

집에 돌아오자마자 나는 아버지와 아키코에게 자수하겠
다고 했어. 그런데 두 사람 다 거세게 반대하더라고. 특
히 아키코가 말이지.

나 때문에 오빠가 사고를 일으켰다. 죽은 남자는 정말
가엾다. 하지만 어쩔 수 없는 일이다. 그렇지 않은가. 그
때 도망치지 않았으면 나는 분명 그대로 죽었을 테니
까……

나는 애원하는 아키코의 말을 듣기로 했어. 아니, 그건
변명이겠지. 결국은 나 자신이 제일 소중했던 거야. 내
죄가 드러나는 게, 살인범이 되는 게 두려웠어. 그냥 날
단순히 지키고 싶었던 거야.

나는 그 이후로 공부에 죽자 사자 매달렸어. 그날 밤에
내가 빼앗은 목숨을 대신해 한 명이라도 더 많은 생명을
구해야 한다는 생각에 말이지. 그렇다고 내 죄가 사라지
는 건 아니지만. 정말 이기적인 속죄 방식이지.

그리고 적어도 속죄를 하기 위해 가끔 사키코가 어떻게
지내는지 보러 갔어. 잘 지내고 있어서 안심했어. 나는

건넬 길은 없었지만 위자료를 저금하기 시작했어.

그런 와중에 사키코가 상경했더라고. 사키코에게 남자친구인 다다토키 씨가 생겼을 때는 얼마나 걱정이 됐는지 몰라. 이상한 남자면 어쩌지 하고 조마조마했지만, 지켜보니 착실하고 진심으로 사키코를 사랑한다는 사실을 알겠더라. 마음을 푹 놓은 것과 동시에 너무 서운하더라고. 어느새 사키코가 소중한 여동생 같은 존재가 되어 있지 뭐야.

다다토키 씨가 일자리를 구하고 있다고 해서 가까운 제약 회사 사람에게 말을 꺼내 학교에 구인 모집을 냈어. 대졸자밖에 뽑지 않는 회사여서 처음에는 탐탁지 않아 했지만, 실제로 면접을 보더니 그가 좋은 재목감이어서 오히려 고맙다는 소릴 들었어.

그러고 나서 두 사람은 결혼하더라. 너를 지켜 줄 존재가 나타났으니 내가 뒤에서 지켜볼 필요는 없다고 생각했어. 그래서 위자료를 계속 저금해 가면서도 더 이상 어떻게 살아가는지는 보러 가지 않았어.

그래서 다다토키 씨가 해고당했다는 사실을 몰랐어. 외국계 회사에 매각됐다는 소식은 내 귀에도 들어왔지만, 그렇게 대대적으로 물갈이를 할 줄은 꿈에도 몰랐어.

다급히 상황을 살피러 갔더니 다다토키 씨는 재취업에
실패하고 벼랑 끝에 몰린 나머지 사기나 다름없는 짓에
손을 뻗었더라고. 너무 위험하다 싶어서 내가 그에게 먼
저 말을 걸었어. 사업 파트너를 찾고 있다. 내가 자금을
댈 테니 동업하지 않겠냐고. 전할 도리가 없었던 위자료
를 건넬 수 있는 절호의 찬스라고 생각했어.

그가 무슨 사업이냐고 나한테 묻더라고. 날 의심하는 것
같더라. 당연하지. 초면인 남자가 갑자기 접근해서 같이
사업을 하자고 했으니 말이지. 나는 뭐라고 해야 할지 몰
라서 당황했어. 엉뚱한 이유를 대면 경계심을 살지도 모
르잖아. 내가 사업을 시작하고 싶은 이유에 설득력이 없
으면 그가 응해 주지 않을지도 모르잖아. 고민 끝에 튀어
나온 말이 인공 심장 개발이었어. 여동생을 위한 사업이
라고 설명하니 그가 눈물을 흘리며 반드시 성공시켜 보
이겠다고 하더라.

나는 의사라서 지식과 자금은 있지만 사업 경험은 전무하
기 때문에 주로 재무적인 면을 돕고 싶다고 그럴싸한 핑계
를 댔어. 그리고 이 새로운 기획에 집중해 줬으면 좋겠다
는 이유를 대고 다른 사업을 정리하도록 돈을 건넸지. 그
는 지금까지 속였던 사람들에게 원금과 배당금을 돌려줬

어. 그래서 그가 사기로 고소당할 염려는 사라졌지.

그러고 나서 나는 인공 심장에 대한 자료를 마련해서 그에게 건넸어. 그걸 바탕으로 프레젠테이션 자료와 팸플릿을 만들어 달라고 부탁하고, 그때까지 모은 3,000만 엔을 건넸어. 겨우 간접적으로나마 사키코에게 위자료를 건넬 기회가 찾아왔다는 사실이 어찌 됐든 기쁘더라고.

다다토키 씨는 좋은 남자더라. 가벼운 면이 있긴 했지만 머리 회전이 빠르고 대담해서 사키코가 반할 만하다고 생각했어. 아키코한테도 정말 살갑게 대하더라고. 아키코를 돕고 싶다, 획기적인 인공 심장을 개발하겠다며 애써 주더라.

하지만 다다토키 씨는 나를 점점 의심하기 시작했어. 내 목적은 돈을 건네는 거지 진심으로 인공 심장을 개발하려던 건 아니었으니까. 사람을 모집하려고도, 번듯한 개발 시설을 구하려고도 하지 않았으니까. 다다토키 씨가 지원금을 찾아다 신청하겠다고 해도 나는 이리저리 피했어. 더 그럴듯한 자료와 데이터를 준비해서 다다토키 씨에게 건네기만 했지.

뭔가 꿍꿍이가 있다—.

다다토키 씨는 자신이 돈세탁 같은 복잡한 사건에 휘말

린 게 아닌가 의심하기 시작했어. 팸플릿을 만드는 것 말
고 아무 일도 하지 않는데 3,000만 엔을 마음대로 사용
해도 된다고 하니까 말이야. 이런 달콤한 제안이 가당키
나 하냐고. 그래서 그날, 다다토키 씨가 죽은 날 그는 이
일에서 완전히 손을 떼겠다고 하더라고.

나는 다급해졌어. 사키코에게 위자료를 건넬 구실이 겨
우 생겼는데 말이야. 그래서 처음에는 '아무 꿍꿍이도 없
다. 지금부터 본격적으로 힘을 내 보자'고 설득했지만,
더 수상쩍어 보였는지 계속 관두겠다고 그가 고집을 부
리더라고.

어쩔 수 없이 나는 사실을 털어놓았어. 그가 놀라더라.
그리고 불같이 화를 냈어. 내가 사키코의 인생을 엉망진
창으로 만들었다면서. '사키코가 지금까지 어떤 심정으
로 살아왔는지 생각해 본 적이 있냐'고 말이야. 그 말이
전부 다 맞더라.

그는 더 이상 내 돈을 받지 않겠다면서 두 번 다시 얼씬
도 하지 말라며 가게를 나섰어. 그래서 나는 다급히 그의
작업장인 아파트까지 쫓아갔어. 내가 아파트 밑에까지
왔을 때 그가 창문을 열고 지금까지 내가 건넨 데이터가
담긴 USB를 연달아 집어던지더라.

여기저기 사방으로 떨어졌기 때문에 나는 정신없이 뛰어다니며 주웠어. 제일 멀리 떨어진 걸 겨우 주워서 돌아왔더니 큰 소리가 들리고 그가 땅에 쓰러져 있었어. 순간적으로 무슨 일이 일어났는지 모르겠더라. 술이 들어갔으니 어쩌다가 균형을 잃었을지도 몰라. 머릿속이 새하얘져서 무아지경으로 사키코를 위해 어떻게든 그를 구해야 한다고 생각했어. 그런데…….

또다시 사키코를 불행하게 만들고 만 나를 용서할 수 없었어.

내가 다가갈수록 사키코는 불행해진다. 사키코가 행복해졌으면 하는 마음에 지켜봐 왔는데, 나는 또 사키코의 인생을 엉망으로 만들고 말았어.

석방된 후 이번에야말로 사키코에게 속죄해야 한다고 생각했어. 사키코를 위한다는 생각에 다다토키 씨에게 입금했던 돈은 경찰을 통해 나한테 돌아왔지 뭐야. 그 돈을 건네면서 모든 사실을 털어놓고 사죄하려고 마음먹었어. 그런데 내쫓길 각오를 하고 용기를 쥐어짜 내 사키코네 아파트에 갔더니 행방을 알 수 없지 뭐야.

나는 필사적으로 사키코를 찾았어. 심부름센터에도 의뢰하고 나도 직접 발품을 팔았어. 건강하고 행복하게 살아가고 있는지 걱정이 돼서 견딜 수가 없었어.

그러던 와중에 에리가 나타났어. 난 널 밀어냈지. 내 머릿속은 사키코 생각으로 가득 차 있어서 내 일에 신경 쓸 경황이 없었어. 무엇보다 나 같은 인간이 행복해져서는 안 된다고 생각했어. 하지만 시간을 들여 에리는 내 마음을 녹여 주었지. 사키코를 찾으면서도 나는 점점 에리에게 끌렸어. 그리고 내 미래도 생각해도 되지 않을까 하는 마음을 가지게 되었지.

어리석기 그지없었어.

결혼 생활은 너무너무 행복했어. 에리가 실은 사키코가 아닐까 알아차릴 때까지는.

에리가 쓰러졌던 날, 나는 걱정이 돼서 에리의 머리를 꼼꼼하게 체크했어. 그때 두피에 남아 있는 수술 자국을 발견했어. 에리가 과거에 뇌와 관련된 질병을 앓았던 게 아닐까, 어쩌면 그게 쓰러진 것과 관계가 있는 게 아닐까 걱정을 했는데 유심히 보니 하관과 턱, 귀 뒤편에도 자국이 있어서 성형 수술이 아닐까 싶더라. 뜻밖이었지만 나한테는 에리가 성형을 했든 말든 아무래도 상관없었기 때문에 건강하기만 하면 되니 그때는 아무 생각도 없었어.

그런데 시민단체 대표에게 에리 이야기를 꺼냈을 때 네

이름이 명부에 실려 있지 않다는 소리를 듣고 마치 퍼즐이 맞춰지듯이 에리가 사키코가 아닐까 하는 생각이 들었어.

그럴 리가 없다, 설마 싶더라. 하지만 한 번 그런 생각이 드니 자꾸자꾸 그런 생각이 떠오르더라. 의심이 갈수록 깊어졌어.

만약 네가 사키코라면 타인 행세까지 해 가면서 나와 결혼한 이유는 한 가지밖에 없겠지. 나를 심판하기 위해서 겠지.

네가 침실에 얼음송곳을 숨겨둔 걸 발견한 날, 결혼 생활에 끝이 다가왔다는 걸 알겠더라. 네 손에 죽는 건 여한이 없어. 하지만 네 손을 더럽힐 수는 없었어.

그래서 이 편지를 쓰기로 했어. 나는 더 이상 내가 저지른 죄에서 도망가길 멈추고 자수해서 속죄할 거야.

널 정말 좋아했어.

결혼 생활 정말 즐거웠어.

거짓일지라도 내게 행복을 가져다줘서 고마워.

빨간 램프가 탁 꺼져서 나는 흠칫 고개를 들었다.

"부인이신가요?"

수술복을 입은 의사가 나타났다. 마스크를 벗은 의사의 표정이 어두웠다. 나는 모든 것을 직감했다.

얼마 지나지 않아 대면하게 된 히데오는 창백하지만 온화한 표정을 짓고 있었다.

"여보······?"

히데오의 뺨에 눈물이 흘러내린다 싶더니 그건 내 뺨에서 떨어진 눈물이었다.

"여보······ 우린 어쩌다 이렇게······ 엇갈려서······."

차갑게 식은 그의 몸을 끌어안고 나는 소리 없이 계속 울었다.

灼熱
////////////

13

나는 벼랑에 서서 바다를 내려다보고 있다.

아직 더위가 물러나지 않아 바다에서 불어오는 바람도 미지근했다.

나는 땀을 닦아 내고 수평선을 바라보았다.

불타는 듯한 새빨간 노을이 숨 막히는 열기를 내뿜고 있었다.

"마음의 준비는 됐어요?"

곁에 선 아키코가 물었다.

"…… 네."

대답하자 아키코가 떨리는 손으로 품에 끌어안고 있던 옻칠된 유골함 뚜껑을 열었다.

내 손도 유골함에 닿아 있는 것을 확인하더니 아키코가 고개를 끄덕였다. 둘이서 유골함을 바다를 향해 기울이자 하얀 모래 같은 것이 바람에 사르르 날렸다.

유골함이 빌 때까지 몇 번이나 같은 행동을 반복했다. 그때마다 '모래'는 하늘에 날려 바람에 몸을 흔들다 이윽고 바다로 흩어졌다.

아, 마치 그때의.

본차이나의 잔해 같았다.

그 무렵에 고통스러울 만큼 끌어안고 있던 증오가 이렇게 산산조각 나 흩어져 갔다.

이건 히데오의 단편.

그리고 내 증오의 단편.

우리의 잔해는 바람에 몸을 맡긴 채 하늘로, 바다로 사라져 갔다.

"오빠…… 오빠…… 미안해. 잘 가."

아키코가 오열하며 그 자리에 주저앉았다.

아키코의 곁에 무릎을 꿇고 어깨를 살며시 끌어안아 주자 그녀는 갈수록 심하게 울었다. 나도 아키코의 머리에 얼굴을 파묻고 함께 눈물을 흘렸다.

아키코가 죄를 심판받는 일은 없었다. 히데오가 자신이 저지른 일이라고 진술했지만 의문사로 의심받아 나도 아키코도 취조를 받았다. 그러나 우리는 히데오의 유언에 따라 반복해서 똑같이 진술했고 결국에는 자살로 종결되었다. 과거에 뺑소니로 사람을 해치는 바람에 오랫동안 괴로워하다가 충동적으로 저지른 자살로 인정받았다. 어떤 의미에서 분명 히데오가 바라던 죽음의 형태일지도 모른다고 나도 마음속으로 생각했다.

"언니…… 사키코 씨."

아키코가 실컷 울고 나더니 눈물을 닦고 나를 쳐다보았다.

"오빠가 미워요?"

나는 다시 한번 더 바다로 시선을 돌렸다.

나도 내 마음을 알 수 없었다.

히데오가 내 소중한 가족을 빼앗고 내 인생을 망친 것은 틀림없다.

나는 미워했던 걸까. 사랑했던 걸까.

슬픈 걸까. 기쁜 걸까.

비참한 걸까. 행복한 걸까.

울고 있는 걸까. 웃고 있는 걸까.

비겁한 기분이 드는 걸까. 후련한 걸까.

나약한 걸까. 강한 걸까.

어리석은 걸까. 현명한 걸까.

지옥에 있는 걸까. 천국에 있는 걸까.

—하나부터 열까지 알 수 없다.

나는 그 계곡에 떨어져 발버둥 치고 허우적대며 살아가는 수밖에 없다. 계곡에서 기어오르려다 상처로 만신창이가 되고 때로는 피를 흘리며 결코 찾을 수 없는 답을 계속 찾아 나갈 각오는 되어 있다.

붉게 물든 수평선에 시선을 던지자 아키코도 덩달아 바다를 바라보았다.

우리는 나란히 서서 이글대며 저물어가는 석양을 계속해서 바라보았다.

무더운 여름이었다.

한 남자의 인생을 다 태워버릴 만큼.

한 여자의 마음에 그 남자의 모습을 각인처럼 새겨 넣을 만큼.

—그리고 그 여름이 이제 곧 끝난다.

우리에게는 비록 시차가 존재할 테지만

    역자 후기를 쓰는 번역가와 그 글을 읽는 독자에게는 늘 시차가 존재한다. 대화에는 시차가 존재하지 않지만, 글을 쓰는 사람과 읽는 사람 사이에는 시간차가 존재할 수밖에 없다. 나는 이 글을 한여름을 앞두고 쓰고 있다. 그리고 내가 우리말로 옮긴《작열》과 역자 후기를 읽을 독자님은 내게 있어 어떤 계절을 살아가고 있을지 모를 미래인이다. 과거인인 내가 미래인인 독자님에게 남기는 글, 역자 후기. 누군가에게 글을 남길 때마다 나는 늘 시간을 여행하는 기분이다. 미래의 독자님이(독자님에게는 현재겠지만) 이 글을 읽고 있을 즈음에도 나는 아마 이 작품을 종종 떠올리며 먹먹해하고 있을 것 같다. 이번 역자 후기는《작열》을 읽고 나서 나와 같은 감정을 느끼고 있을 독자님의 마음을 달래기 위해 쓰고 있다.

역자에게 번역은 한 권의 인생을 살아내는 일이다. 그리고 나는 지금까지 수많은 삶을 치열하게 살아왔다. 한 권의 삶이 끝나면 기쁨과 행복은 마음이라는 앨범에 소중히 간직하고 슬픔과 분노는 툭툭 털어내며 살아왔지만, 몇몇 사람의 삶만큼은 도저히 간직할 수도 털어낼 수도 없었다. 그들은 내 곁을 맴돌다 머릿속과 마음속에 각인되고, 나는 그들을 가끔 떠올리며 울기도 하고 웃기도 한다. 그건 그들을 추억하고 애도하는 나만의 방식이다. 그리고 《작열》이라는 삶을 살아내고 나서 내 마음에 각인된 사람이 하나 더 늘었다.

그는 죽고 나서야 '그늘'을 찾았다. 이 작품 《작열》의 배경은 여름이며, 그 여름은 저물지 않는다. 첫 페이지를 펼친 순간부터 마지막 페이지를 덮는 순간까지 한여름만 끝없이 이어진다. 게다가 그에게는 손바닥만 한 그늘조차 주어지지 않았다. 어쩌면 죄를 저지른 그 순간부터 그의 인생의 계절은 한여름이었고, 해조차 저물지 않는 백야(白夜)가 이어졌을지도 모른다. 하얀 어둠 속에서 그는 잠도 푹 들지 못하고 몸을 뒤척여야만 했을 테다. 그리고 그의 죄책감이 깊어질수록 여름은 짙어졌고 쨍쨍 내리쬐는 태양은 더 작열했을 테다. 그래서 이 작품의 제목은《작열》이어야만 했다. 더도 덜도 아닌 딱《작열》이어야만 했다.

아키요시 리카코 작가님은 극한의 모성애를 다룬《성모》에서 보여준 잔인함을《작열》에서는 과감하게 덜어내고, 그 자리에 작품성을 입혔다. 작품에 등장하는 소품 하나하나가 괜히 등장하는 게 아니라고 하면 역자 후기부터 읽는 독자님에게는 스포일러가 될지 모르겠지만, 나는 자신 있게 말할 수 있다. 알고 있어도 속을 수밖에 없다는 사실을. 나는《작열》이라는 삶을 번역과 교정이라는 과정을 거치며 여러 번 살았다. 하지만 그때마다 매번 속았고, 마지막 문장을 손끝에서 놓을 때마다 똑같은 반응을 보였다. 나는 매번 키보드에 손을 얹은 채 모니터를 멍하니 응시했다. 어떤 감정을 느껴야 할지 종잡을 수 없어서 심란했다.

나는 누군가가 나에게 사랑에 대해 물으면 사랑은 겉으로는 아름다워 보여도 위험 부담이 제일 큰 감정이라고 말한다. 그리고 그 위험 부담을 짊어질 자신이 있는지를 묻는다.《작열》에 등장하는 모든 인물들은 서로가 서로를 사랑한다. 하지만 결국엔 누군가의 죽음으로 이야기는 끝난다. 무난하게 흘러가도 위험 부담이 큰 사랑이라는 감정은 소통이 단절되면 더 큰 위험 부담을 가져온다. 하지만 사랑하기 때문에 할 수 없는 말이 세상에는 너무나도 많다. 사랑하기 때문에 감춰야만 하는 것이 있고, 그로 인해 소통이 단절되어 위험 부담이 더욱 커지는 사랑이라는 감정을 우리는 일상 속에서 경험하고 있다. 사랑은 늘 손닿는 곳에 있는 낯익은 감정이다. 그렇기 때문에 《작열》이라는 삶을 살고 나서 나는 먹먹한 감정을 주체하지 못했을지도 모른다. 내게 있어 먹먹함은 하나로 표현할 수 없는 감정의 집합체이기 때문이다.

《작열》을 작업하는 동안 늦겨울과 봄과 초여름이 지났다. 이제 본격적인 한여름이, 《작열》의 계절이 시작된다. 하지만 내게 올여름은 《작열》의 작업에 들어간 1월 말부터 시작되었다. 그래서인지 올여름은 참으로 길다. 다만, 그가 죽고 나서 남겨진 이들에게는 부디 여름이 이제 그만 저물고 서늘한 가을이 찾아오기를 바란다. 이건 이들이 앞으로 풀어나가야 할 과제이기도 하다. 그는 죽어서야 비로소 찾을 수 있었던 작은 그늘을, 남겨진 이들은 부디 살아생전에 찾을 수 있기를 바란다.

10년 동안 손바닥만 한 그늘도 찾지 못한 채 헤매며 땡볕에서 땀을 줄줄 흘려야만 했던 내가 딱 서른에 그늘을 찾았던 것처럼 말이다.

서른이 되던 해에 심었던 나무에서 그늘을 찾은
김현화 올림

작열

제1판 1쇄 발행 | 2020년 11월 20일
제1판 6쇄 발행 | 2022년 5월 25일

지은이 | 아키요시 리카코
옮긴이 | 김현화
펴낸이 | 손희식
펴낸곳 | 한국경제신문 한경BP
책임편집 | 노민정
교정교열 | 김가현
저작권 | 백상아
홍보 | 서은실 · 이여진 · 박도현
마케팅 | 배한일 · 김규형
디자인 | 지소영
본문디자인 | 디자인 현

주소 | 서울특별시 중구 청파로 463
기획출판팀 | 02-3604-590, 584
영업마케팅팀 | 02-3604-595, 583   FAX | 02-3604-599
H | http://bp.hankyung.com   E | bp@hankyung.com
F | www.facebook.com/hankyungbp
등록 | 제 2-315(1967. 5. 15)

ISBN 978-89-475-4661-4 03830